真・天地無用!魎皇鬼外伝
天地無用!GXP 11
……鷲羽ちゃん?」
そこには暗い廊下をバックに、暖炉の火が燃え移ったかと錯覚しそうな、見事な赤毛の、そして大人の姿をした白眉鷲羽が立っていたのである。

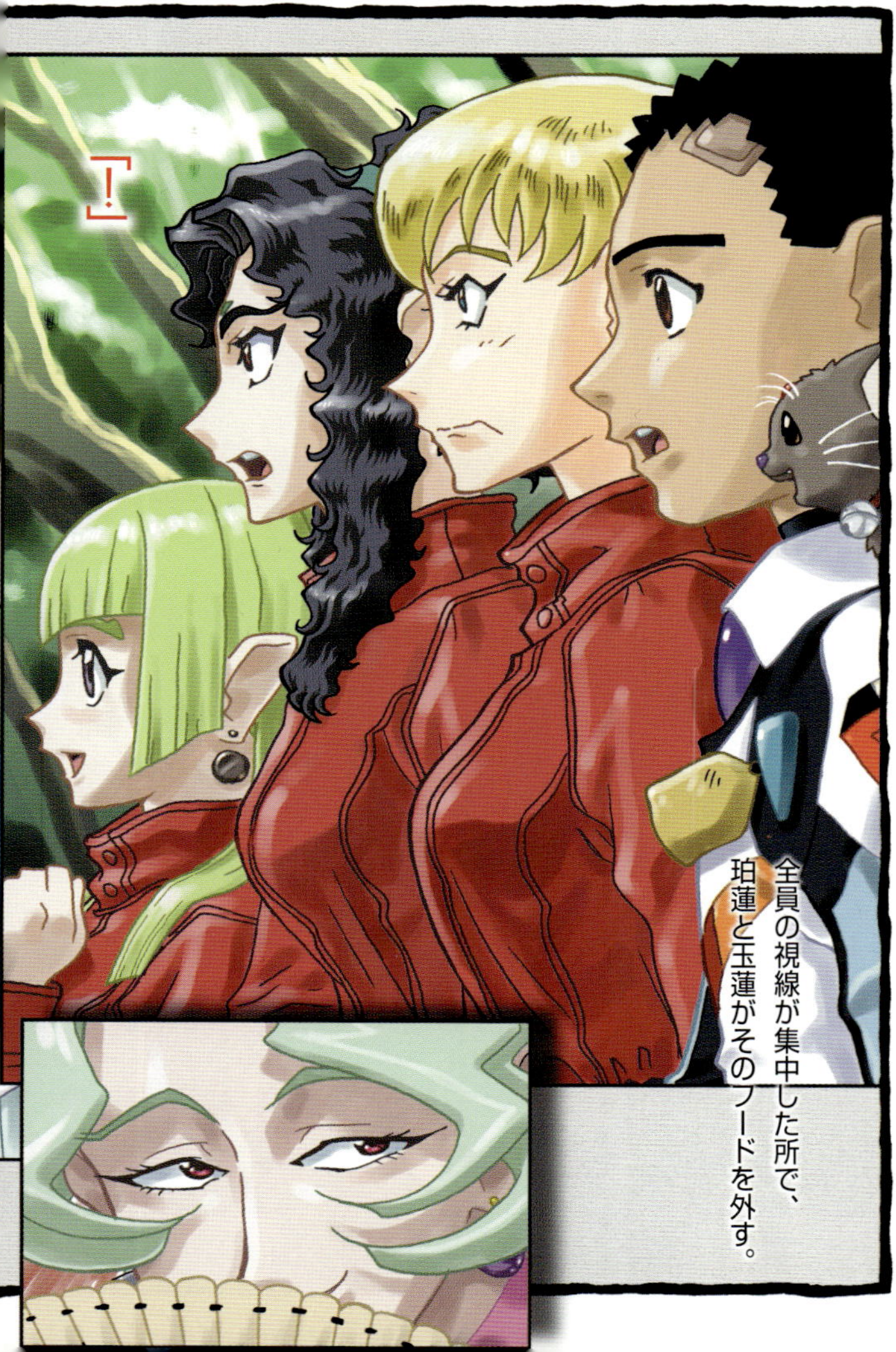
「!」
全員の視線が集中した所で、珀蓮と玉蓮がそのフードを外す。

そこにあったのは、樹雷の正装に
身を包んだ霧恋の姿だ。
一瞬、月湖と見紛うばかりの
大人っぽい雰囲気。
そして水穂や船穂に通ずる容姿と
雰囲気は清楚で
樹雷皇族としての威厳に満ちたものだ。

「姉様、お出かけですか?」
林檎と一緒に本を読んでいた妹の立《たつ》木《き》苺《いちご》が少し悲しげに顔を上げた。

真・天地無用！魎皇鬼外伝

天地無用！GXP 11

梶島正樹

ファンタジア文庫

2274

口絵・本文イラスト　梶島正樹

目次

1「母と子と」

その日、銀河連盟の首脳部はかつてないほど緊張《きんちょう》した雰囲気《ふんいき》に包まれていた。それは世《せ》二我《にわ》の九羅密《くらみつ》一族、その最長老である九羅密美雲《みくも》が危篤《きとく》状態になったという知らせが入ったからである。

もともと銀河連盟設立のきっかけは、樹雷《じゅらい》の皇立アカデミーと世二我の九羅密美雲の私設軍、対立する最大国二つが供与《きょうよ》した知と力によって興《おこ》ったものだ。そしてその二つの組織は後の銀河アカデミーとＧＰの母体となり、銀河連盟を支える大いなる土台となったのである。

だがその二つの組織には大きな違《ちが》いがあった。皇立アカデミーは樹雷という国が所有していたものだが、私設軍は九羅密美雲個人の物であった為《ため》、そのＧＰの創始者であり二大大国の元首である最長老、九羅密美雲の死は、ＧＰ内の権力構造を一変させかねない大事件なのだ。

最長老、九羅密美雲危篤の知らせを受け、美雲邸の控《ひか》えの間には九羅密の本家一族と、世二我長老会・長老婦人会次席代表である二名が集められていた。次席が出席した理由は会長が美雲と美守《みかみ》だからだ。故《ゆえ》にそれぞれの次席は世二我代表としてここに居る。

「何故《なぜ》、師父殿《どの》は誰《だれ》もお呼び下されないのだ！」

長い沈黙《ちんもく》の中、世二我長老会長の次席である九羅密泰馬《たいま》は苛立《いらだ》ちのあまりそう声を上げた。

「…………」

この神聖な場において苛立ちを見せて声を荒《あら》げるなどの不敬行為《こうい》は、本来であれば退出を言い渡《わた》されるべきものだが、美守を始め美瀾《みなみ》もその他の本家九羅密家の誰もが、その事を諫《いさ》める事は無かった。敬愛する師父との別れを前に悲しみに暮れる者、そして何より泰馬の苛立ちの理由と同じ疑問を感じている者達が居たからである。

今回、状況《じょうきょう》を複雑にしている理由はいくつかあるが、その一つに美雲がまだ当主の座に居るという事だ。本来ならば、もっと早くに当主候補が指名されている筈《はず》なのだが、美雲のあまりの偉大《いだい》さに、なかなか次期当主に指名出来る者が現れなかったのだ。そして美雲の異常な長命が故、ついには神格化され、国民の誰もが次期指名者の出現を望まなくなってしまったのである。その結果が土壇場《どたんば》での指名となった訳だ。

もちろん過去にも同様な状況はあった。現当主の危篤の知らせを受け、召集《しょうしゅう》を受けた者達は最後に当主とお目通りをする。そして一人を残して控えの部屋へと下げさせられる。その残された一人が次期当主として、或《ある》いは次期頭首候補がまだ幼い場合などは、候補者が成人までの代理として当主の遺言《ゆいごん》を受け取るのだ。しかし今回は全員が控えの間に下げさせられたまま、待機が続いているのである。そのような緊急時にいつまでも後継者《こうけいしゃ》指名が行われないのだから、苛立つのも当然だ。特に泰馬は最初に呼ばれる自信があっただけに、その恍惚《こうこつ》の瞬間《しゅんかん》をお預け状態にされ苛立っているのである。そして何もお言葉が無い間に美雲崩御《ほうぎょ》となれば、その場合は自動的に、本家長子が当主となるのである。そうなればその是非《ぜひ》を巡《めぐ》って内乱の可能性すらあるのだ。

（クソッ！）

泰馬の苛立ちは極限に達しようとしていた。

長老会長次席とはいえ、泰馬は本家筋の人間ではない。ではその泰馬が、本家九羅密家の者達を差し置き、美雲に指名される事に自信を持っているのには二つの理由がある。

一つ目は九羅密美雲の思想の問題だ。彼は本家筋の人間だが、その白い肌《はだ》と翠《みどり》眼の外見から、違う星の人間の血が混じっている事は一目瞭然《いちもくりょうぜん》だ。そしてそれが原因で本家九羅密直系の人間でありながら、長い間彼は当主候補からはずっと外れた存在だったのだ。しかしGP設立と銀河連盟設立の原動力となった実績により、美雲は銀河連盟内では世二我の当主よりも遥《はる》かに大きな影響力《えいきょう》を持つに到《いた》った。特に銀河連盟を支える二大組織の一つであるGPは、美雲の私設軍が母体であった為、たとえ世二我当主であろうとも、美雲を介《かい》さねばその意志を通す事は事実上不可能だったのである。

海賊《かいぞく》達に対抗《たいこう》する為に銀河連盟への加盟国が増え、その規模が急激に拡大を始めると、銀河連盟内での世二我の発言権は次第《しだい》に小さく、樹雷にも遅《おく》れをとるようになっていた。その反対にGPの長官をしていた美雲個人の発言力は大きくなって行ったのである。その逆転現象に危機感を持った世二我の長老会と長老婦人会は、当時の九羅密家当主に禅譲《ぜんじょう》を迫《せま》り、ついに美雲は次期当主指名を受けたのだった。そんな経験から美雲は、血筋ではなく能力を重視し、長老会と長老婦人会の意見を尊重するようになったのである。

二つ目の理由は先程《さきほど》説明した、美雲の神格化による次世代の後継者を指名出来ない状況だ。美雲がいかに能力重視とはいえ、後継者指名にはやはり直系九羅密家が最適だ。特に美雲の後釜《あとがま》ともなれば、出来るだけ皆《みんな》が納得《なっとく》出来る要素が一つでも多く在《あ》る方が良い。そしてそれは両長老会も同じ意見だ。

永く続いた閉塞感《へいそく》を打破する兆《きざ》しが見えたのは美守の誕生である。本家の長子であり、幼い頃《ころ》からその器《うつわ》を期待されていた彼女は、次期当主にうってつけの人物と、美雲も長老会も期待していたのだが、若い頃の美守は相手構わずケンカをふっかけるという、凄《すさ》まじいやんちゃぶりを発揮していた。そしてついには樹雷の瀬戸《せと》と事を構えるに至っては、さすがに美雲も、すぐに美守を当主指名する訳には行かなくなり、美守の成長と落ち着きを待つ事としたのである。

しかし美雲の寿命《じゅみょう》とて永遠に続くものではない。長命の美雲とて確実に老《お》いて行き、老《ろう》齢《れい》による実務への参加は減って行った。その事は美雲と長老会の力の逆転現象を生じさせ始めた。もちろん美雲政権の安寧《あんねい》に浸《ひた》る者も多かったが、あまりに長く変わらない事に対する閉塞感に不満を覚える者達も多く、ついには次代の当主に美守の弟の美瀾を擁立《ようりつ》しようとする意見が長老会の中に現れ始めた。

当主としての器では明らかに美守の方が優《すぐ》れているが、美瀾も才能という面では突出《とっしゅつ》した存在で、しかも素直《すなお》でコントロールし易《やす》い美瀾は、長老会にとっては都合の良い人材と判断されたのである。そして最終的な決定権を持つ美雲が、その意見に対して異議を唱えなかった事が決定打となり、美瀾は次期当主の候補者となった。だが今度はその美瀾がGPの長官を降格させられるという不祥事《ふしょうじ》を起こしてしまい、後継者指名に大きく影《かげ》を落としたのである。

次の候補は美瀾の子供達だが、美兎跳《みとと》は性格的に当主には不向きだし、夫の吟鍛《なきた》は婿養子《むこようし》。孫の美星《みほし》は過去の精神障害と治療《ちりよう》が継続《けいぞく》中である為、当主候補にはなれず、弟の美咲《みさ》生《お》はまだ若年で、美守に子は居ないとなれば、ついに現時点で本家九羅密家に候補者指名されるに足る人物は見あたらなくなったのである。

『もちろん最終的には美守か美瀾が当主となるであろうが、その間の代理は長老会次席のこの儂《わし》が指名される筈だ』

泰馬は過去、GPの長官も務めた事もあり、今でもGPの重責の位置にいる。そして長老会では美雲の代理も務めているとなれば、そう思うのも当然の事と言えるだろう。だがしかし……、

コツコツ————。

その時、静まり返った廊下《ろうか》を歩く音が響《ひび》いて来た。優雅《ゆうが》で落ち着いたその足音は、誰が聞いてもすぐさま使用人の物では無いと判断出来る音だ。

「そんな!?」

その足音を聞いた途端《とたん》、控えの間に居る者全員が緊張し、戸惑《とまど》いの表情を浮《う》かべた。それはその足音がまるでこの家の主《あるじ》の如《ごと》き威厳《いげん》に満ち、この場に美雲が現れるのでは？と勘違《かんちが》いさせる程の物だったからだ。しかしその足音は美雲が居る部屋とは正反対の方向か

ら聞こえて来ているのだ。控えの間にいる者達は全員が、世二我の最上位の者達だが、その者達を戸惑わせる力が、その足音には在るのだ。

「誰だ⁉」

足音が美雲の物では無いと確信しつつ、それでも泰馬の問いには戸惑いがあった。いつまでも後継者指名が行われない理由がその人物にあるような、そんな嫌《いや》な予感がしていたのだ。だがもちろんそんな人物に心当たりなど無い。

――幽霊《ゆうれい》の正体見たり枯《か》れ尾花《おばな》。

その足音の人物が現れ、その正体が分かれば、少なくとも混乱は落ち着くだろうと泰馬は考えた。しかし、
バタン――入り口のドアが開き、その姿を見た泰馬は目と口を大きく開き、愕然《がくぜん》とした表情となったのである。もちろんそれは他の九羅密本家の者達も同じだ。

「……鷲羽《わしゆう》ちゃん？」

半泣き状態だった美星も思わず唖然《あぜん》とした表情で首を傾《かし》げた。そこには暗い廊下をバックに、暖炉《だんろ》の火が燃え移ったかと錯覚《さっかく》しそうな、見事な赤毛の、そして大人の姿をした白《はく》眉《び》鷲羽《わしゆう》が立っていたのである。

「ようこそおいで下さいました。鷲羽様」

混乱する一同を他所《よそ》に、美守は足音が聞こえた段階で立ち上がって鷲羽を待っていた。そして、まるでこの屋の主にするように恭《うやうや》しく一礼したのである。

「……う、嘘《うそ》だ……な、なぜ？」

泰馬のその言葉の意味は複雑だ。

――なぜ生きているのか？

――なぜ今なのか？

――なぜここに来たのか？

鷲羽生存説は常に囁《ささや》かれていた。だが行方《ゆくえ》不明になってから五千年も経《た》っていれば、鷲羽は伝説的存在でしかなく、実際鷲羽と接した者で生存しているのはごく僅《わず》かだ。もちろん泰馬も鷲羽を見た事のない世代である。鷲羽のしぶとさ恐《おそ》ろしさを、直接その身に刻んだ者でなければ、生きているという噂《うわさ》はUFOやUMAのそれと同じ、『居たら面白《おもしろ》いのに』レベルの与太《よた》話でしかない。

とはいえ実際に会った事は無くとも、鷲羽の映像資料は膨大《ぼうだい》に残っており、目の前に居るのが、少なくとも外見的には鷲羽である事は間違い無い。もちろん外見などはいくらでも変えられる技術が当たり前にある世界で、外見は絶対的なものでは無い。しかし足音だけで泰馬達を萎縮《いしゅく》させる女が只者《ただもの》である筈も無く、ましてや目の前の女性から発せられる凄まじいまでの存在感は圧倒的《あっとう》であり、鷲羽を知る者達が何故あれだけ鷲羽を崇拝《すうはい》し恐れるのか、泰馬はこの時、瞬時に理解出来たのだった。

だが重要な事はその鷲羽が何故、よりにもよってこのタイミングで、この場所に現れたか？——である。

何しろ鷲羽は皇立アカデミーの頃から、つまり世二我と敵対していた頃の樹雷側の人間である。さすがに現代では樹雷と世二我の敵対関係も薄《うす》れ、美兎跳の世代ともなれば、その意識はほとんど無くなっていると言ってもいい程だ。だが仮にもここは世二我の中枢《ちゅうすう》である。美雲が亡《な》くなった後、慰問《いもん》という形ならいざ知らず、しかも今ここに居る事を許されるのはごく一部の者達だけなのである。その上、五千年行方知れずだった伝説の哲学《てつがく》士がここに居るのだから戸惑うのも当然だ。

「!?……いや、それよりもなぜここに入れた？」

ようやくショック状態から回復しつつある泰馬は、大事な事を思い出した。それはこの場所が世二我でも一番重要な場所であるという事実だ。当然、最高度のセキュリティーが有り、関係者ですらおいそれと立ち入れるような場所ではないのだ。

「……ん!?　そう言えば美守、お前『お待ちしてました』と言ったな？　どういう事なのだ？」

美守が知り、自分が知らない事実がある――その事に苛立《いらだ》ちを覚えた泰馬は、美守を睨《にら》み付けた。本家九羅密の美守に対して、それは少々礼儀《れいぎ》を欠いた行動だが、泰馬にはそれだけ自分の立場に対する自信があったのだ。しかし事態は泰馬の思惑《おもわく》を超《こ》え動き出し始めた。

「お待ちしておりました白眉鷲羽様。さあ、どうぞお入り下さい」

天の岩戸のようだった美雲の私室への扉《とびら》が開かれ、美雲の秘書兼《けん》看護師の女性が出て来てそう言った。

長らく養生をしていた美雲はほとんど公式行事に顔を出す事は無く、意思の伝達もこの看護師を通して行われて来た。つまり看護師の言葉は美雲の意思、それが鷲羽を呼んでいるのである。

「まっ、待て！　なぜ私では無く、その女なのだ!?」

「坊《ぼう》や、大人しくここで待っていてちょうだい。すぐ済みますからね」

「！！？」

看護師に詰《つ》め寄ろうとした泰馬は、鷲羽の言葉と視線に気圧《けお》され二の句を失った。鷲羽は小さな子供でも見るように、フッと笑みを浮かべ部屋へと入って行き、看護師は控《ひか》え室にいる者達に会釈《えしやく》をすると静かにドアを閉じた。

「……どういう。どういう事なのだ？　美守っ！」

ドアが閉じ、威圧《いあつ》感から解放された泰馬は、鷲羽の言葉と美雲の看護師に対する憤《いきどお》りで顔を真っ赤にして美守を睨み付けた。美守の答え如何《いかん》では、強引《ごういん》に美雲の部屋に押し入るのも辞さない、そんな勢いだ。もちろん本家九羅密の者達も美守の説明を欲《ほっ》していた。

「……泰馬殿《どの》も、師父様の母君が世二我の者では無い事はご存じですね？」

「それがどうしたと……まっ!?　まさか……」

鷲羽の緑の瞳《ひとみ》が美雲のそれと重なる。泰馬と本家九羅密の者達は、美守のその一言で全《すべ》てを察した。

「白眉鷲羽様こそ、師父……九羅密美雲様の母君なのです」

「……!?」

状況《じょうきょう》を理解した泰馬は無言となった。

何しろそれはとんでもないスキャンダルだ。下手に騒《さわ》ぎ立て、外部にその事実が知られれば大騒《おおさわ》ぎになるだろう。ＧＰの創始者があの白眉鷲羽の息子《むすこ》などと、まるでＧＰがアカデミーの配下にでもなったような気分だ。もちろんそれは泰馬の個人的なイメージでしかないが、そう思い、そう口にする人間は多いだろう。この事実が外部に漏《も》れる事は断固阻《そ》止《し》しなければならない。泰馬は呆然《ぼうぜん》と目を見開いたままヨロヨロとソファーに向かい、崩《くず》れ落ちるように座り込んだ。

泰馬にはひとつの自慢《じまん》があった。それは師父美雲と同じ緑の瞳だ。九羅密一族はもともと碧眼《へきがん》が特徴《とくちょう》で、一族以外の者と結婚《けっこん》しても高い確率でそれが受け継《つ》がれる。ただ美雲の子孫にはまれに、翠《みどり》眼の子が生まれる事がある。銀河連盟設立の立役者にしてGPの創設者。今や生ける伝説の世二我の英雄《えいゆう》と同じ瞳の色は、泰馬の自慢なのだ。だがその自慢が実はあの悪名高き白眉鷲羽から受け継いだものと知った泰馬は、酷《ひど》く困惑《こんわく》していた。

「……美守。この事、外に知られる訳にはいかないぞ」

「そう思うのでしたら、余計な手出しはなさらない方がよろしいかと」

「分かっている！」

一番簡単な方法は鷲羽に消えてもらう事だ。しかしそれは一番困難な方法、いや、不可能と断言してもいい。鷲羽という人間は、というより哲学士という人間は歩く要塞《ようさい》のようなものだ。惑星《わくせい》規模艦《かん》など生温《なまぬる》い程《ほど》の攻撃《こうげき》と防御《ぼうぎょ》システムの集合体である。ましてや相手はその天才鬼才揃《きさいぞろ》いの哲学士の中でも異彩《いさい》を放つ鷲羽である。たとえ大艦隊《かんたい》の一斉《いっせい》集中砲《ほう》撃《げき》で、惑星ごと消滅《しょうめつ》させ、ブラックホールでも形成させる程の攻撃を、奇襲《きしゅう》状態で仕掛《しか》けたとしても仕留められる保障は無い。仮にそれで仕留められたとしても、師父の母を殺《あや》める行為《こうい》など、本家九羅密に楯突《たてつ》くも同然だ。そして既《すで》に鷲羽が美雲の母親だという事実は、その場に居る本家九羅密の者達の知る所となってしまっているのだ。

「だが奴《やつ》の出方次第《しだい》では、お前も同意してくれるのだろうな？」

　手出し無用は、あくまで鷲羽がこの事実を外に漏らさないという条件付きだ。泰馬の問いは、もし鷲羽がその条件を破った場合、本家九羅密も協力してくれるのか？　の確認《かくにん》だった。

「もちろんですよ」

　美守の即答《そくとう》に泰馬はやっと安心したかのように腕組《うでぐ》みをし、ソファーに深く座った。

　鷲羽が部屋に入って三十分程経った時、突如《とつじょ》、美雲邸の屋根の上に設置された鐘《かね》が鳴り始めた。それは美雲の崩御《ほうぎょ》の合図だった。

「!!」

　事前にお別れと覚悟《かくご》をしていたせいか、泣き崩れたり取り乱す者は居なかったが、偉大《いだい》なる師父の死に、その場は深い悲しみに包まれた。泰馬は短い祈《いの》りを捧《ささ》げる間、黙禱《もくとう》をしていたものの遺言の経過が気になるのか、すぐさまドアの方を凝視《ぎょうし》した。

　なにしろ美雲崩御の知らせは、瞬《また》く間に世二我はおろか銀河連盟中に伝わり、葬儀《そうぎ》やその他の式典が数多く行われる事になる。そして当然、その喪主《もしゅ》は次の当主が取り仕切る事となり、美雲崩御の瞬間《しゅんかん》から、当主はその対応に追われる事となるのだ。

『もたもたした所を見られれば、世二我の沽券《こけん》に拘《かか》わる』

ただでさえ偉大な先代からの引き継ぎだ。世間に跡継《あとつ》ぎ問題がこじれているように思われては、銀河連盟のみならずGP内での立場が揺《ゆ》らぎかねない。

と、泰馬の我慢《がまん》が限界を迎《むか》えようとした時、美雲の部屋のドアが重々しく開き、看護師を伴《ともな》った鷲羽が出て来た。泰馬や美守達はサッと立ち上がり一礼をして出迎《でむか》える。

「……では九羅密美雲の遺言《ゆいごん》を伝える」

そう言いながら鷲羽はそこに居並ぶ一同の反応を、注意深く観察しつつ話し始めた。

「次期世二我当主は、本家九羅密家、九羅密美瀾とする」

「!!」

ハッと息を呑《の》む者が二人――美瀾と泰馬だ。そしてその反応は全く別のもので、美瀾は指名された事に驚《おどろ》き、泰馬は失望だ。

「……長老婦人会の人事は現在の状態を継続《けいぞく》、長老会は会長の座を空位とする」

「なっ!?」

さすがの泰馬も思わず声を上げたが、鷲羽の視線に慌《あわ》てて口をつぐんだ。

「長老会の会長を空位とし、九羅密美瀾、九羅密泰馬の両名を次席として運営を継続するものとする。尚《なお》、次期会長は然《しか》るべき時が来たと判断された時、次席二名の内より、長老会、長老婦人会、そして白眉鷲羽の承認によって選ぶものとする……そして最後に、美雲の遺体管理は私、白眉鷲羽が行う事とする」

「！！？」

その瞬間、泰馬の頬《ほお》が引き攣《つ》った。

遺体管理は亡くなったのが男子なら長老会、女子ならば長老婦人会が行う。本来であれば、次期当主は長老会の会長を兼任《けんにん》するので問題はないが、今回の場合、会長は空席となる為《ため》、遺体管理の責任者は美瀾と泰馬のどちらかとなる。つまりその遺体管理者こそが、世二我の実質的な支配者と言え、それは次期長老会会長を選ぶ時の重要な要素となるのである。

「……以上だ。異議ある者は？」

鷲羽の視線に誰《だれ》もが無言のままだ。それは遺言の承認を意味するが、それはあくまで慣習に過ぎず、結局、前当主の決定に口を挟《はさ》む事は許されないのだ。

「異論は無いようだね。では九羅密美守、九羅密泰馬両名を残し、全員自分達の義務を果たしなさい」

鷲羽の言葉に、全員が最敬礼をし、葬儀の準備をすべく控え室を出て行った。特に次期当主指名された美瀾には、各国元首との応対が待っている。いろいろと戸惑《とまど》いや疑問は残るが、一番の懸念《けねん》材料である美雲の遺体管理の問題が解消された為、真っ先に控え室から飛び出して行った。

「……さて、聞きたい事があるんだろう？」

他の者達の気配が無くなったのを見計らい、鷲羽は二人に向かって話しかけた。いつしか美雲邸の鐘は鳴り止《や》んでいたが、崩御の知らせを伝達する為の鐘が、遠くで微《かす》かに聞こえていた。

「遺言の内容に間違《まちが》いはないのだな⁉」

泰馬が語気を荒《あら》げて話しかけたのは、鷲羽ではなく、後ろに控える看護師だ。美雲の意志伝達役だった看護師はある意味、美雲の代理的存在だったが故《ゆえ》に、美雲に対する苛立ちといった負の感情の捌《は》け口となっていた。美雲が存命中ならばいざ知らず、後ろ盾《だて》たる美雲が居ない状況では、泰馬の視線は敵でも見るかのようだ。

「一言一句間違いなく」

「……なるほど、師父殿も老《お》いたという訳だ」

余計な一言ではあるが、泰馬はそう言わずにはいられなかった。結局、実力主義だった美雲も、最後には身内を優先させた事実に落胆《らくたん》をしたのだ。とはいえ下手に異を唱え、鷲羽という存在を公《おおやけ》にされる訳にはいかない。

「まあいい……遺言には従おう。だが貴女《あなた》が師父殿の母君だという事実を、世間に公表されては困るのだ」

「今さら母親面《づら》する気は無いから安心おし。それに最後のお別れは出来たから、葬儀にも参加しないしね」

泰馬の慇懃《いんぎん》無礼な態度にも拘わらず、鷲羽は微笑《ほほえ》みながら答えた。

「ほお！　それは何よりです。まあ落ち着いた後でなら、お墓参りくらいご自由になさって下さって結構ですよ」

「ああ、そうさせてもらうよ」

「鷲羽様……それで構わないのですね？」

満足げな泰馬とは別に、美守は一言念押しをした。故師父の母親となれば、長老婦人会の組織員という事となる。もちろん非公認会員ではあるが、本来なら会長にもなろうかという立場だ。だからその意向を念押ししたのだ。

「私は五千年も行方《ゆくえ》不明だったんだよ？　それがのこのこと顔を出せば大騒ぎになって、せっかくの葬儀も台無しだ。登場のタイミングも良すぎるから、いろいろと美雲との関係も勘《かん》ぐられるだろうしね。それに……」

「それに？」

「クックック……私の顔を見て他に葬式《そうしき》でも出すような事態にでもなったら、それこそ大変だろう？」

　鷲羽と直接面識が有った者達は全員が、かなりの高齢者《こうれいしゃ》だ。いろいろと鷲羽のせいでトラウマを抱《かか》えた者も多く、彼女を見たショックで倒《たお》れる者も居るだろう。

「承知いたしました」

　美雲崩御という事態ではあるが、美守は笑いをかみ殺しながら言った。

「だが母御《ははご》殿《どの》よ。師父殿のご遺体は長老会で管理するのが通例だ。それに貴女は表には出ないと仰《おつしや》ったのに、どうするおつもりか？」

「会長は空位で次席は横一線。それで国内外の連中はみんな察するだろうさ。表向きにはあの看護師が管理者でいいだろう？」

「じょ、冗談《じようだん》ではない！　あんな小娘《こむすめ》が師父殿のご遺体の管理など、世間の物笑いだ！　そうは思わないか、美守!?」

「母親としてはさ……息子の遺体が、くだらない政争の具にされるのは我慢ならないんだよ。分かるかい、坊《ぼう》や？」

　鷲羽の表情が一変する。

「!!」

ヘビに睨《にら》まれたカエルとはこの事だ――泰馬は突然《とつぜん》冷や水を浴びせかけられた様に固まった。目の前にいるのが何者であるかを、改めて思い知らされたのだ。もっとも鷲羽にしては、これでも優《やさ》しく対応した方だ。彼女がちょっと本気で威圧《いあつ》すれば、泰馬は失禁した事だろう。鷲羽という人間をよく知る者達ならば、心臓麻痺《まひ》でも起こしかねない。

「よし、話はここまでだ。くれぐれも美雲の遺言を忘れないようにする事だね」

鷲羽の威圧に金縛《かなしば》り状態だった泰馬は、何とか一礼してその場を立ち去るので精一杯《せいいっぱい》だった。

「念押しとは、お優しい事ですね。彼に貴女の言葉の意味が通じるといいですが……」

泰馬の気配が完全に消えたのを見計らい、美守は溜息《ためいき》混じりに言った。

「今さらええ歳《とし》こいた坊やを躾《しつけ》ようとは思っちゃいないけど、巻き込まれる下の連中は気の毒だからねぇ」

「そちらの方はどうぞお気遣《きづか》い無く。これ以上醜態《しゅうたい》を晒《さら》したのでは、師父様に顔向けが出来ませんから」

「そういう事なら後は任せるよ。さて……」

鷲羽は大きく背伸《せの》びをしながら、チラッと看護師の方を一瞥《いちべつ》すると小さく手を振《ふ》りながら出口の方へと歩き出した。

「んじゃ、騒《さわ》がしくなる前に退散するよ。何かあったら連絡《れんらく》をおくれ」

深く一礼する美守と看護師に背を向け、来た時と同じく、この家の主《あるじ》の如《ごと》き足音を残し鷲羽は控《ひか》え室を後にした。


「くそっ！　くそっ！」

泰馬は世二我軍旗艦《きかん》、自国の名を冠《かん》する『世二我』の艦長室に戻《もど》って来た瞬間、そこに吟鍛が居るのも構わず、悔《くや》しさのあまり机に拳《こぶし》を叩《たた》き付けた。

「こんな屈辱《くつじょく》を受けたのは初めてだ！」

「…………」

すぐにでも軍の関係各所に師父美雲崩御の通達と経過説明を行わなければならないのだが、状況《じょうきょう》が状況だけに吟鍛は泰馬が落ち着くまで無言で待っていた。

「はぁはぁはぁ……」

あちこちに当たりまくり、ようやく泰馬が落ち着き始めたのは十分後だ。恐《おそ》らくブリッジでは美咲生が通達の遅《おく》れを心配してヤキモキしているだろうが、このままの状態の泰馬を表に出す訳には行かない。

「師父様は、泰馬様のなさっている事に気付いていたのではありませんか？」

「……此度《こたび》の処置がその為だというのか？」

「そうでなければ、あまりに不自然です」

「儂《わし》のしている事は世二我の為なのだ！　世二我の権威《けんい》を復活させる為に儂がどれ程腐心《ほどふしん》しているか……」

「しかし……」

世二我の為、軍の復権の為といっても、それはあくまで一昔前の状況でのみ通じる理屈《りくつ》だ。銀河連盟が大きくなり、世二我と樹雷の思惑《おもわく》で大きく舵取《かじと》りされてきた頃《ころ》とは違う。新しい形で存在感を増す必要があるのだ。

(もう師父様の威光《いこう》に頼《たよ》れないのですよ)

だがそれを声にした所で泰馬には通じまい。

「師父殿《どの》に気付かれていようと、たとえそれが意に沿わぬ事であろうとも、儂が間違っているとは思っていない。結果さえ出し、長老会会長に指名されれば、所詮《しょせん》当主はお飾《かざ》りでしかない。儂が世二我、ひいては銀河の舵取りをするのだ」

「……分かりました」

泰馬がそれでも突《つ》き進むというのなら、吟鍛はそれを支えるだけだ。

「だが師父殿の母御《ははご》の件、場合によっては闇《やみ》に葬《ほうむ》る必要があるやもしれんぞ」

「……最悪、主力を全投入する事となりますが……よろしいので？」

「どういう意味だ!?」

「先程、白眉鷺羽があの場所に現れた事をお忘れですか？　最高度の警備体制にも拘《かか》わらず、我々の警戒網《けいかいもう》にかかる事無く、あの場所に現れたのですよ。哲学士《てつがくし》が秘匿《ひとく》する技術は我々の知る物のほんの一部でしかありません。しかも相手はあの伝説ともなった哲学士です。ましてやこちらが後手に回っている状況では……」

　鷺羽が世二我に乗り込んで来た以上、その結果、こちらがどういう反応を示し、どう対処するかは予想済みの筈《はず》だ。当然それに対処する方策も採った上でここに現れたと考えるべきなのだ。それに対してこちらは備えも情報も全く無い。現時点で鷺羽を闇に葬るなど不可能だと断言出来る。

　哲学士はその性格上、他者から恨《うら》まれる事も多い。ましてや鷺羽ともなれば泰馬と同じく亡き者にしたいと考える者も多かった筈だ。そしてその中には泰馬などより遥《はる》かに権力の中枢《ちゅうすう》に居て、力を持つ者も居ただろうが、それでも鷺羽は生きてここに居る。それどころかその敵対者に凄《すさ》まじいまでのトラウマを刻み込み、再起不能にして来たのである。

　――鷺羽先生に睨まれたら、銀河連盟の全戦力で守られても安心出来ない。

　吟鍛が出会った鷺羽本人を知る者は、恐怖《きょうふ》の表情で震《ふる》えながら、全員が口を揃《そろ》えてそう言うのだ。どちらにしろ鷲羽の造った魎皇鬼《りょうおうき》が樹雷の絶対防衛権を突破《とっぱ》し、樹雷本星で破《は》壊《かい》の限りを尽《つ》くした現実を見れば、世二我の全戦力を投入したとしても勝てる保障は無いのである。

「こちらの刃《は》が鷲羽に届くより、彼女が事実を公表する方が簡単ですからね」

「もういい、今言った事は忘れろっ！　それよりも例の計画に注力するのだ！」

泰馬は悔しそうだったが、それでも鷲羽を敵に回す愚《ぐ》に気付いたようだった。

「了解《りょうかい》しました。それよりそろそろ軍関係への通達を」

吟鍛は恭《うやうや》しく礼をしながら言った。長老会会長に指名されるには、こういう事を疎《おろそ》かにしてはいけないのだ。

「そうだな。分かった」

泰馬は大きく深呼吸をして気持ちを落ち着かせると、威厳《いげん》在《あ》る表情でブリッジへと向かったのである。

2「レセプシーの踊《おど》り子」

宇宙空間を疾走《しっそう》する惑星《わくせい》規模要塞《ようさい》ダイ・ダ・ルマー。だが今回、その周りを回っている一つの見知らぬ衛星があった。月の半分程《ほど》の衛星規模艦『レセプシー』は、あちこちの星系惑星やステーション、コロニーを回って遊興娯楽《ごらく》を提供する艦船だ。普段《ふだん》ならば、豪華《ごうか》なイルミネーションやライティングで彩《いろど》られているが、今は最低限の標識光のみで他には何も見えない状態だ。理由はダイ・ダ・ルマーが万が一にも発見されないようにする為《ため》の光量制限である。だがいったんその中に入れば、そこは地球のブロードウェイやラスベガス、世界中のお祭りを一カ所に集めたよりも派手な娯楽の殿堂《でんどう》なのだ。

「またまたまた大当たり〜っ！」

そのレセプシーの中にある大宴会場《えんかいじょう》の一つでは、幸運艦《こううんかん》のクルーやダ・ルマーギルドの主立った者達が豪華な宴《うたげ》を開いていた。

静竜《せいりょう》を始めとした海賊《かいぞく》達は、色とりどりの装《よそお》いに身を包んだコンパニオン達の接待を受けつつ、スロットマシンやビデオポーカー等、多種多様なギャンブルマシンに群がっていた。中でも幸運艦のクルー達はツキまくりの様子で、コインの山を築いている、そして一《ひと》際《きわ》大きな山を築いているのが幸運艦艦長の静竜だ。

「さすが、さすがだ！　ツキっぱなしではないか、艦長！」

ダ・ルマーは滅多《めった》にない程、楽しそうだ。

「はっはっは、これでもかなりおさえている方ですがね」

「このツキをもってすれば、山田西南《やまだせいな》の悪運など恐るるに足りぬな」

「ハッハッハ！　まあ、山田西南が一万人くらい束になれば、少しは本気を出してもいいんがね」

「おお！　頼《たの》もしい限りだな！　ワハハハハハ〰〰〰!!」

「それにしてもレセプシーを貸し切りとは、豪勢《ごうせい》ですな」

スロットマシンやルーレットに飽《あ》きたのか、静竜はコンパニオンの差し出す盆《ぼん》からお酒のグラスを一つ取ると、百万人近い観客が居ても尚《なお》、広々とした大ホールを見回した。緞《どん》帳《ちょう》の閉じられた舞台《ぶたい》や積層状の観客席はオペラハウスをそのまま数千倍の規模に拡大した感じだ。それはまるで自分が巨人《きょじん》の国にでも迷い込んだ気分にさせる。現在、レセプシーの各遊興施設《しせつ》には、ダイ・ダ・ルマー職員や各地から招待された海賊関係者達が約五千万人規模で集結している。

「それも全《すべ》て艦長のおかげだ」

ダ・ルマーも同じようにグラスを取ると、興奮して喉《のど》が渇《かわ》いていたのかグラスを一気に呷《あお》った。

これだけの海賊集結が可能なのは、幸運艦があちらこちらで暴れ回り、GP輸送艦の護衛に戦力を割《さ》かれ、警戒網が手薄《てうす》な為だ。

「後は……」

ダ・ルマーはチラッと視線の先にある、一つが体育館の大きさはあろうかというボックス席を見た。

×　　×　　×

「ダ・ルマー様にお声をかけていただいて助かりました」

会場を見渡《みわた》せる貴賓《きひん》用ボックス席では、レセプシーの総支配人であるエクシト・レ・セプシーがダ・ルマーギルド副総統を接待していた。

エクシトは大柄《おおがら》な格闘家《かくとうか》といった体軀《たいく》と厳《いか》つい風貌《ふうぼう》で、どちらかといえば細身の副総統と比べ、よほど海賊のような風貌だ。しかし柔《やわ》らかな物腰《ものごし》と知的な眼差《まなざ》しが、威圧《いあつ》感を感じさせないでいた。

「何しろこちらに来て早々に、あの世二我《せにわ》の総帥がお亡くなりになり、銀河連盟全体が喪《も》に服され、私共のような遊興興業は自粛《じしゅく》ムードとなりましたゆえ」

「そちらには気の毒な事だったが、我々にとっては追い風だ」

九羅密美雲《くらみつみくも》という強力なカリスマを失ったGPは、それまで美雲という存在によって抑《おさ》えられていた、いろいろな内部問題が噴出《ふんしゅつ》するからだ。

「後継争《こうけい》いに、内部分裂《ぶんれつ》、対立……あれだけ巨大《きょだい》な組織ですから、しばらくは迷走が続くでしょうね」

「おかげであのレセプシーが貸し切りに出来たのだからな」

副総統は満足げだ。

レセプシーの収容客数は本船内宿泊《しゅくはく》収容で最大三億人。臨時のホテル船や自家用船などの外宿泊でやって来る客を含《ふく》めれば、最大収容はその十倍にもなる。それだけの規模の施設を一個人で貸し切る事は難しい。もちろんそれが出来る財閥《ざいばつ》や国は存在するが、至宝とまで言われるレセプシーを独占《どくせん》する事は難しいのだ。

レセプシーが至宝と呼ばれる理由は、一つに銀河中のありとあらゆる芸の膨大《ぼうだい》な蓄積《ちくせき》にある。レセプシーの歴史は古く、銀河連盟設立の遥か以前からその存在が認識《にんしき》されていて、起源はあの大先史文明だとすら噂《うわさ》されている存在なのである。なにしろ銀河連盟や簾座《れんざ》連合、そしてどの海賊ギルドにも属さず、完全中立を守り続け、それをそれぞれの組織からも認められている希有《けう》な存在なのだ。しかも非公式ながらどの宙域にも、事前に申告さえすれば自由に航行する権利を認められている。それらの利点を生かし、レセプシーは膨大な情報を蓄積しているのである。そしてもう一つの理由は……。

×　　×　　×

いつの間にか会場の喧噪《けんそう》は静まり、全員の視線は巨大な舞台へと向けられていた。

「ふぃ〜〜〜〜い……おお！　ショーが始まるようだぞ」

静寂《せいじゃく》に気付いたダ・ルマーは持っていたグラスを一気に空け、他の者達と同じように舞台の方を見た。

ピチャーン……。

一粒《ひとつぶ》の雫《しずく》が作る、ミルククラウンのような、そんな感じで登場した舞子《まいこ》達は、すぐさま中央に現れた一人を残して消えた。彼女は舞姫《まいひめ》と呼ばれる上位の舞子だ。そしてその舞姫はゆっくりと静かに舞《ま》い始めたのである。広い会場の為、一番遠くの観客からは、その舞姫は豆粒《まめつぶ》程の大きさでしかなかったが、一瞬《いっしゅん》にして観客達の目はその舞姫に釘付《くぎづ》けとなった。そして次の瞬間、周りにまるで花弁のようなスクリーンが浮《う》かび、その舞姫が大映しとなった。

「おおっ……」

観客達からは深い感嘆《かんたん》の溜息《ためいき》が漏《も》れた。ピッタリとしたフォログラフのスーツは、音楽に合わせて色々な形や模様へと変化し、時には身体《からだ》全体を覆《おお》い尽くし、巨大な花や動物へと変わる。時には静かに、時には激しく、それが一人の人間が表現しているとは思えない程の多彩《たさい》さだ。それどころか花を表現する時は花に、動物を表現する時は動物に、一切《いっさい》の人の気配が消えてしまうのである。

×　　×　　×

「見事なものだ……。あの舞姫は誰《だれ》なんだ？」

副総統は身を乗り出すように舞台に見入った。

「宅の八番目の娘《むすめ》でございます」

「おおっ！　では『舞貴妃《まきひ》』の娘さんか。八番目という事は以前、こちらに来た時には稚《ち》子《ご》だったと思ったが……」

レセプシーの踊り子達は、ランクによって名前が変わる。一番下のランクは稚子と呼ばれ、まだ舞台に立てない者達だ。次が舞子で、このランクになってようやく舞台に上がれるのを許されるが、あくまで脇役《わきやく》だ。サブプログラムの主役が出来るようになると舞姫、そして、メインの舞台で主役を張れるようになった者は舞妃《まいひ》と呼ばれるのだ。そしてその全ての頂点が舞貴妃なのである。

「なんとか人様の前に出せるようになったところです」

「いやいや、謙遜《けんそん》を……本当に見事なものだ。あれならばどこへ行ってもトップダンサーになれるのは間違《まちが》いない。さすがは舞貴妃殿《どの》の娘といった所だ」

副総統は彼女の踊りにジッと魅入《みい》ったまま、呻《うな》るように言った。

「恐《おそ》れ入《い》ります」

エクシトはにこやかな表情のままでそう言ったが、彼はけっして謙遜している訳では無い。『舞貴妃』と呼ばれる彼女の母親が踊っていたならば、観客一同、息をするのも忘れる程に魅入る筈《はず》であり、こういう会話をしている事自体が、彼女がまだ未熟な証拠《しょうこ》なのである。

レセプシーが至宝と呼ばれる理由は、『舞貴妃』を頂点とした卓越《たくえつ》した技術と魅力《みりょく》を持った俳優や女優、ダンサー達にある。そして舞妃クラスともなれば、その舞踊《ぶよう》で相手の意識すらコントロールする事が可能な程の、卓越した技能を有するのだ。

「……じゃあ間違いなく、その舞妃は竜木《たつき》家の者との関係があったのですね？」

ダ・ルマー達が貸し切っている舞台が見渡せるＶＩＰルームの一つに居るのは、なんと

柾木《まさき》水穂《みなほ》であった。それどころか舞台を熱心に眺《なが》めているのは白眉《はくび》鷲羽《わしゅう》だ。この状況こそがレセプシーのもう一つの顔だ。

他の連合間を行き来が出来るレセプシーは、多種多様なスパイの暗躍《あんやく》する場所でもある。多くの組織からも治外法権が認められているこの場所は、裏の情報交換《こうかん》の場として使われ、敵対する国家元首同士が非公式に会談するのにも使われる。その結果が、ダ・ルマーが貸し切っている所に鷲羽や水穂が居たりする状況となるのである。さらに付け加えれば、五千年ぶりに現れた鷲羽を、さほど驚《おどろ》きも戸惑《とまど》いも無く、一人の馴染《なじ》み客として受け入れたのもレセプシーならではの事だ。

ここでのトラブルは決して許されないし、その為の警備員が各組織からも派遣《はけん》されて治安を守っている。そしてもちろんレセプシーにも強力な警備組織は存在する。だがこの場の重要性を考えれば、トラブルを起こす者は皆無《かいむ》に等しい。

「はい。間違いありません」

鷲羽達に接しているの女性は、『舞貴妃』その人である。外見的には二十代後半の彫《ほ》りの深い容姿、背筋も伸《の》び均整のとれた肢体《したい》だが、近くで見るとかなりガッシリとしたアスリート体型だ。近くで見るより舞台上で見る方が映える、まさに舞台役者といった感じの容姿だ。そして何よりも、瀬戸《せと》や鷲羽や玉蓮《ぎょくれん》といった者達に共通する、匂《にお》い立つような魅力と雰囲気《ふんいき》を持っている。

「ただし子供が生まれたという記録はありませんし、お付き合いのあった時期も短く、かなり昔ですので……」

「はあ……」

水穂は困惑《こんわく》気味に溜息を吐《つ》いた。

「まさか皇族の……遺伝子情報が外へ漏れたなんて……。しかもそれを使って子供が生まれたなんて可能性があったなんて」

「ケッケッケ。まさに漏れた、だよねぇ」

水穂は言葉を濁《にご》したが、早い話がエッチした時の皇族の精子が回収されて流出し、それを使い体外受精児が生まれちゃったのである。

「相手の舞妃は私の伯母《おば》に当たる方ですので、そこの所の管理はしっかりとしている筈なのですが……」

鷲羽のオヤジギャグに苦笑《くしよう》しつつ、舞貴妃も少し困惑した感じだ。踊《おど》り子達と客の一夜の恋《こい》話は珍《めずら》しくないし、時には刃傷沙汰《にんじようざた》や心中話もある。だがそれらはレセプシーの中で秘《ひ》められ、表に出る事は無い。そしてそれすらもレセプシー劇場の演目の一つなのだ。まして舞妃程《ほど》の者が、そのような不手際《ふてぎわ》を起こすなど前代未聞《みもん》なのである。

「双方《そうほう》、ここの雰囲気にちょいと酔《よ》っちまったんだろうさ……レセプシーの舞妃と樹雷《じゅらい》の皇子」

「考え得る最上級の組み合わせです……ロマンですわね」

「まっ……ここじゃ、たとえ樹雷皇族といえども舞台《ぶたい》の役者の一人って事さね。だからこそのレセプシーって訳なんだろうね」

「しかしですね」

火消しをする水穂にとってはロマンなどと言っていられない。

「その一夜の夢を摘《つ》んだ無粋《ぶすい》なバクが居たってだけの話さ」

「……はあ。とにかく匿名《とくめい》者から提供された情報の裏付けが取れたのは収穫《しゅうかく》です。でも、意外と早く調査が終了《しゅうりょう》してしまって、これからどうしたものか……」

「せっかくのレセプシーだ。後はゆっくりしたらいいさ」

「目の前にはダ・ルマー。外にはダイ・ダ・ルマーが居るような状況でですか？」

ここに皇家の船があれば、色々な問題が一気に解決するが、レセプシーで見聞きした事は一夜の夢、自身の胸の内に収める事が暗黙《あんもく》のルールだ。今回の場合、持って帰れる情報は、皇子の遺伝子情報が流出したという裏付けのみなのである。水穂はダ・ルマーやダイ・ダ・ルマーがレセプシーから離《はな》れるまで、或《ある》いはレセプシーの送迎艦《そうげいかん》でランダムジャンプを行い、完全に位置特定が出来ない状態で別の宙域まで送られるかのどちらかの方法でしかレセプシーから出る事は許されないし、海賊《かいぞく》達との接触《せっしょく》も外への通信も厳禁だ。

「ダ・ルマーギルドの貸し切りとなってはいますが、長期滞在《たいざい》をされている他のお客様も大勢いらっしゃいます。その方々のパーティーや催事《さいじ》もありますので、退屈《たいくつ》はしないかと思いますよ」

舞貴妃はニッコリと微笑《ほほえ》んだ。水穂ならどこでも歓迎《かんげい》される筈だ。

「せっかくですが、すぐに報告に帰らなければなりませんので」

正直、ここでのショー観覧には興味があるが、ここで得た情報の追跡《ついせき》調査を指揮しなければならない。そして何よりもダイ・ダ・ルマーを目の前によからぬ考えが芽生えそうで怖《こわ》いのだ。

「それは残念ですわ。ではすぐに送迎《そうげい》の手配をいたします」

水穂の雰囲気からそれを察したのであろう、舞貴妃はそれ以上引き留める事も無く、手元にあったクリスタルのベルを鳴らした。するとすぐさま控《ひか》えの間から、独特のメイド服を着た女性が二人入って来た。

「水穂様、お帰りになる前に『レセプシー』に会っていってやって下さいませんか？」

「第三世代の……？」

レセプシーでトラブルを起こす者は皆無だが、宇宙を航行してれば色々な不慮《ふりょ》の事態は起こるものだ。レセプシーという存在の意味を知らぬ者、財産を狙《ねら》おうとする者など、組織から外れた無知なる者達の中には時折、レセプシーを襲《おそ》う輩《やから》が居るのだ。そしてそれ以外の自然現象や人以外の生物などの厄災《やくさい》に見舞われる事もある。その為《ため》、レセプシーには装備や人員等、それなりの備えがあるのだ。鷲羽がここに居るのも、その為の設備強化の為である。

「同族のマスターに会えると嬉《うれ》しいみたいなので」

「クスッ……ええ、わかりました」

メイド達に付き添《そ》われ、水穂は一礼すると部屋を出た。

「……はあ」

水穂は部屋から出ると大きな溜息を吐いた。正直、水穂はあの場から出られた事に少々安堵《あんど》していた。

（酔っちゃいそう……）

舞貴妃も鷲羽や瀬戸とは違った意味で、相手の神経をすり減らす類《たぐい》の女性だ。というより生気を吸い取られると言った方が正解かもしれない。その凶気《きょうき》とも言える魅惑《みわく》は代々、演ずる者を生み出してきた、一つの事に特化させ蓄積《ちくせき》してきた怨念《おんねん》といったようなモノである。もちろん舞貴妃の魅力が最大限に発揮されるのは、やはり舞っている時だ。そうなると水穂ですら、その魅力に抗《あらが》うのは難しい。とはいえ同じ部屋ですぐ間近に同席していたのだから、受ける影響《えいきょう》は少なくない。

×　　×　　×

「さすがは樹雷の御姫《おひめ》様ですね。怖い事」

去って行く水穂と同じような感想を、舞貴妃も呟《つぶや》いていた。そういう意味では水穂も樹雷皇家の姫君《ひめぎみ》であり、長年、瀬戸の副官を務めてきた女性なのだ。結局、似たもの同士。凶気のベクトルが違うだけなのである。

「あの娘《こ》もとうぶん色恋沙汰《いろこい》には縁《えん》が無さそうだ……ったく凪耶《なじや》も酷《ひど》い奴《やつ》だよねぇ」

「瀬戸様の補佐《ほさ》という肩書《かたが》きが一番婚期《こんき》の遠退《とおの》く要因ですからねぇ……でも女性としては初《うぶ》で可愛《かわい》らしいお方ですから、あの方の素性《すじよう》を知らない若い殿方《とのがた》を選ばれるのがよろしいのでは？」

「逆光源氏のパターンか……」

「光源氏というのは、少女を妻として育てる、でしたね」

「おや、もう目を通したのかい？　早いね」

鷲羽はレセプシーに来る手みやげとして、地球の過去から現代にわたる物語や演劇に関《かか》わるデータを持って来ていたのだ。

「まだほんの一部分ですけど、なかなか興味深いですわ。なにしろ初期段階の文明の、ここまで詳《くわ》しいデータはなかなか手に入りませんから」

「喜んでくれて何よりだ。まあゆっくり楽しんでおくれ……？」

とその時、入り口のドアがノックされ、先程まで舞台で舞《ま》っていた舞貴妃《まきひ》の八番目の娘《むすめ》、舞八《まや》が一人の少年を伴《ともな》って入って来た。と、舞貴妃の雰囲気が一変し、母親のものへと変化した。

「おや、舞十《まいと》ちゃん、もうチェックは終わったのかい？」

鷲羽の問いに、その少年、舞十は恥《は》ずかしそうに肯《うなず》くと母親の陰《かげ》に隠《かく》れるように寄り添った。実年齢《じつねんれい》は十二歳だが、外見的には十に満たない感じの、まるで妖精《ようせい》のような繊細《せんさい》な容姿をしている。

「鷲羽様、お目にかかれて光栄でございます。舞貴妃の娘、舞八でございます。先程は舞台前でしたのでご挨拶《あいさつ》が遅《おく》れました」

優雅《ゆうが》な物腰《ものごし》で一礼する舞八は、洗練されてはいるが、他の姉妹《しまい》達と比べるとまだまだ初々《ういうい》しく、あどけなさすら残っている。とはいえ舞貴妃に一番似ているのも彼女だ。

「ああ、構わないよ。でも舞台の方はもういいのかい？」

「私の出はもう終わりですので……」

つまりようやくピンで踊れるようにはなったものの、まだ前座という事だ。

「ふむ。まあ精進《しょうじん》するこった」

「はい」

と、舞八の挨拶が終わった所で、全員の視線が舞十に移った。

「それで、今日の面接は終わったの？」

舞貴妃の問いに舞十はコクンと小さく肯いた。

レセプシーには多くの就職志望者や、公演の為にやって来る劇団や関係者がいる。レセプシーに常駐《じょうちゅう》する者は裏方を除き、公演関係者は全体の三割程で、後はレセプシーと契約《けいやく》して公演にやって来る者達だ。

舞十には特に芸能関係の才能を見抜《みぬ》く力がある。本人に言わせると、キラキラ光るオーラのようなモノが見えるのだという事だが、それはその者の技量に左右されるモノでは無く、まさしく埋《う》もれた才能や資質といったモノだ。そして舞十の能力が特異なのは、そのモノの埋蔵《まいぞう》量が見える事である。

どんなに煌《きら》びやかな才でも、それが一生持続する訳ではない。加齢や演ずる事への興味の喪失など、情熱の維持《いじ》が出来なくなったり、スランプなども才能を枯渇《こかつ》させる要因となる。才能とは実に曖昧《あいまい》で危《あや》ういモノだ。才能の質も重要だが、その埋蔵量の大小が大きければ、永く表舞台《おもてぶたい》に居られるのだ。しかし舞十の才能は、面接よりもスカウト時にこそ発揮される。レセプシーに面接に来る者達は、ベテランの面接官に任せれば、遅《おそ》かれ早かれ間違《まちが》いなくその才を見出《みいだ》される。だがここにやって来る多くの一般客《いっぱんきゃく》の中にも原石は埋っているのだ。その才能を発掘《はっくつ》するのが舞十の役目なのである。

「お客様の中に、気になる方はいましたか？」

「……水穂様と鷲羽様と静竜様」

「あら……。他には？」

舞貴妃の問いに舞十は首を横に振《ふ》った。

「困ったわね。どの方もスカウトするには難しい方ばかり」

そう言いつつ舞貴妃はチラッと鷲羽を見た。それに合わせて舞十もあどけない視線を鷲羽に送る。それを拒否《きょひ》するのは結構な精神力が必要な、そんな視線だ。

「ご期待に添えなくて申し訳ないね。でも天南家《てんなん》の坊主《ぼうず》なら何とかなるんじゃない？」

「才能としては申し分ないとは思いますが、あの商売っ気と一族特有の性格では、どんな悲恋《ひれん》も悲劇も喜劇になってしまいますわ」

天南の家系は芝居《しばい》っ気《け》はたっぷりあるものの、ありすぎてとにかく濃《こ》い。ある意味、大根役者と紙一重《かみひとえ》だ。

「クックック。確かに……あんた達の繊細さとは対極にあるからねぇ」

「一つのプログラムとしては十分お客を呼べるでしょうが、私達には荷が重いです」

天南の無神経さにかかったら、どんな者でもその影響下からは逃《のが》れられない。どんな料理にも超激辛香辛料《ちょうげきからこうしんりょう》が混ざれば味の差など無いのと同じだ。

「プッ！　クックック」

珍《めずら》しく眉間《みけん》にシワを寄せ困惑《こんわく》した舞貴妃を見て、鷲羽は思わず噴《ふ》き出してしまった。

「舞十、それにしても最近、ちょっと基準が辛《から》くなりすぎよ」

「だって……」

舞八に突《つつ》かれ、舞十はプクッと頬《ほお》を膨《ふく》らませた。

「ん？　最近って事は、何か基準が変わるような事でもあったのかい？」

「以前、簾座の方を銀河連合にお連れしまして。その方々を見て以来、ちょっと……」

「四名様共、とても独特の雰囲気《ふんいき》のある方々だった上に、特にお一方はとんでもない凶をお持ちの途轍《とてつ》もない美女だったんです」

「ほう？」

「ですから、それ以来、舞十の中の基準がおかしくなってしまって」

「……でも舞十、あの方達の事は一度忘れなさいと言っているでしょう。歴代の舞妃《まいひ》の記録を見てもちょっと見あたらない位の人を合格基準にされたら、どうしようもないわ」

「ねえ、その簾座の人ってのは、もしかして、この娘達かい？」

鶯羽が起動したモニターには玉蓮達四人が映し出されていた。それを見た舞十は、まるで憧《あこが》れのアイドルでも見るような眼差《まなざ》しで見入った。

「まあ、ご存じでしたか」

「凪耶ン所の女官《にょかん》になって、今は山田西南っていう子の補佐をしているよ」

「山田西南様！」

西南の名を聞いた舞十は更《さら》に身を乗り出す。それを舞貴妃は軽く手を上げて抑《おさ》えた。

「簾座の方にも噂《うわさ》が伝わってるのかい？」

「簾座の……というより、主に簾座方面の海賊達の間で凄《すご》い噂になっていましたが……なるほど、首尾《しゅび》は順調、という事ですか」

舞貴妃は意味有り気に肯いた。

「もしかして鶯羽様は、山田西南様とも面識がお有りなので？」

「私が今地球にいる事は聞いていると思うけれど、実はそこで厄介《やっかい》になっている家の主人の、幼なじみなんだよ」

「まあ、左様でございましたか。そう言えば山田西南様の持ち船が、鷲羽様の造られた船という噂を耳にしましたが、それではやはりその噂は……」

「いろいろと縁があってね。私の娘が世話になってるよ」

「ウィドゥー……ですか？」

「ん？　なぜそう思うんだい？」

「その方がドラマチックだからですわ」

レセプシーにいろいろな情報の集まる場所とはいえ、ウィドゥーのアストラルコアが福《ふく》に使われた事は極秘中の極秘だ。だが舞貴妃は諸々《もろもろ》の情報からそれを推察、というより言葉通り、そうなった方がドラマチックだと感じたのだ。

「……………」

「簾座の姫君といい……数奇《すうき》な縁ですわ……？」

鷲羽の無言を肯定《こうてい》と判断した舞貴妃は、ホウッと、溜息《ためいき》を吐《つ》いた。とその袖《そで》を舞十が引っ張り、訴《うった》えかけるような目で母親を見上げた。

「ああ、そうでしたね。その山田西南様に関してお聞きしたいのですが……」

と、舞貴妃はモニターを一つ起動させた。そこにはニュース映像から抜粋《ばっすい》して拡大したスチール写真が表示されていた。

「西南殿《どの》と……雨音《あまね》殿に霧恋《きりこ》殿だね」

鷲羽から名前が出た事に、舞十はパッと表情を明るくした。

「興味があるのかい?」

鷲羽の問いに舞十は大きく肯いた。

「雨音カウナック様は有名人ですから存じ上げていたのですが、もうお一方、正木霧恋様については、少々経歴が曖昧で……」

「あの娘は凪耶の秘蔵っ子だからね」

「もし差し支《つか》えなければ霧恋様についてお教え願えますか?」

「……まあ、あんたなら教えてもいいか」

舞貴妃と舞十のよく似た興味津々《きょうみしんしん》の表情に苦笑《くしょう》しつつ、鷲羽は話を始めた。

×　　×　　×

「チェッ!　何で俺達が居残りをしなきゃならないんだァ?」

幸運艦《かん》が係留されている大型ドックの一つ、その休憩《きゅうけい》室のモニターを見ながら、アランは不満げに吐き捨てるように言った。隣《となり》ではバリーがうっとりとした表情で舞台《ぶたい》の中継《ちゅうけい》映像を見ている。

「おい、聞いてるのか?」

苛立《いらだ》ち紛《まぎ》れに、バリーの椅子《いす》を蹴《け》る。

「何だよ？　こうして中継が見られるんだからいいじゃないか。レセプシーの公演は滅多《めった》に映像化されないし、中継だってされないんだよ」

ちょっと気弱なバリーが珍しく反論する。

「それにコーンやコマチ副長は、当直任務でこの中継すら見られないんだ。文句を言ったら罰《ばち》が当たるよ」

最近、アラン達はほとんど三人で居る事は無くなった。それは三人揃《そろ》う事での悪影響《あくえいきょう》を避《さ》ける為《ため》の措置《そち》だ。そしてその事はバリーとコーンのアランへの依存《いぞん》を無くし、本来の真《ま》面目《じめ》さを取り戻《もど》すきっかけにもなっていた。そしてアランも、口では相変わらず不平は多いものの、それを実行に移す事は無くなっていた。

「コマチ副長は艦長が誘《さそ》ったのに『興味が無い』ってんだから関係無いだろ？　それよりもあそこに行ければ、すぐに借金ともおさらば出来るってのに、何でこんな所に居残らなくちゃならないんだよ」

別のモニターに映っている、バカヅキ状態の静竜を見て、アランは歯噛《はが》みして悔《くや》しがっていた。

「賭《かけ》のタネ銭も無いんじゃ、どうしようもないだろ。それ以前に、俺達は無断であそこへ行けないんだよ」

レセプシーは治外法権の場だ。そのまま亡命する事も可能だし、それが受け入れられれば、ギルドとて手は出せない。

「とてもコマチ副長が許可をくれるとは思えないし、それ以前に俺達には首輪が付いてるから、許可無く外へ出れば……」

バリーは首が絞《し》まるジェスチャーをして見せた。

「タネ銭なら三人で持ち寄れば何とかなるだろ？　なんとか少しの時間だけでもコマチ副長に貰《もら》ってさ」

「………」

バリーは、そのタネ銭を出すのが自分とコーンだと気付いていた。何しろアランは借金を棒引きされた後の給与《きゅうよ》は、さっさと下らない事に使ってしまい、無一文だと知っているからだ。そして恐《おそ》らく、無計画なギャンブルによって借金分はおろか、大事なタネ銭すら無くなってしまうと感じていた。

「おっと……そろそろ交代の時間だ。行きたきゃアラン一人で行けばいい。俺は遠慮《えんりょ》しておくよ」

「何だよ、おい！　一気に借金が無くなるチャンスなんだぞ！」

「俺はそっち方面には運が無さそうだから、地道に返済する方を選ぶよ」

「明日《あした》の今頃《いまごろ》は俺は借金生活とはおさらばしてるかもしれないんだぞ？　その時になって泣き付いて来ても俺は知らないぞ！」

「そうなるように祈《いの》ってるよ」

バリーは後ろ向きのまま手を振って部屋を出て行った。

「何だよ、せっかく誘ってやったのに。クソッ！」

アランはソファーを力一杯《ちからいっぱい》蹴《け》り飛ばした。

×　　×　　×

「はあ？　給料の前借りをしたい？」

コマチは呆《あき》れ顔でアランを見た。

「い、いえ……少し小遣《こづか》いが欲《ほ》しいだけなんですよ。せっかくレセプシーに来てるんだから、ちょっと見ておきたいかなぁって……ヘッヘッヘ」

「給料日からまだ一週間しか経《た》ってない筈《はず》だが？」

「こ、今月はいろいろと物入りで……」

「話にならんな」

コマチはアランに背を向けた。

「おっ、おおおおおおお、お願いです！　コマチ副長！　ちょっとだけ……ほんのちょっとだけでいいんです」

「ったく……」

恥《はじ》も外聞も無く、床《ゆか》に頭を擦《なす》り付けるアランを見て、コマチは根負けをした。

「分かった、じゃあ次の給与を賭《か》け、私とカード勝負をするのはどうだ？　勝てば給料に手を付ける事無く、金が手に入る」

「あっ、ありがとうございます！」

×　　×　　×

床に頭を擦り付けたその一時間後、アランは翌月の給料を全《すべ》て失っていた。もちろん借金天引き後の給料だ。幸運艦は食事は出るので飢《う》える事は無い。

「私相手にこの体《てい》たらくでは、お前にギャンブルの才能は無い。まあこれに懲《こ》りて、地道に返していくんだな」

「あっ、あの！　今はちょっと油断してたのと、ツキの巡《めぐ》りが悪かったんです！　だから翌々月の給料を賭けて……」

そこまで言った時、アランの顔面にコマチのパンチがめり込んでいた。

「そういうところが才能の無さだって言ってるんだ！」

「……なるほど。それは興味深いお話ですわ。舞十が興味を惹《ひ》かれたのも頷《うなず》けます」

鷲羽から霧恋の生《お》い立ちについて聞いた舞貴妃《まきひ》は、舞十のこだわりに得心が入ったかのように大きく頷いた。

「皇眷族《けんぞく》と特殊《とくしゅ》な環境《かんきょう》……そして更に西南様という大きな歪《ゆが》みに晒《さら》され、執着《しゅうちゃく》と逃避《とうひ》、後悔《こうかい》……」

霧恋の生き様を反芻《はんすう》するように、舞貴妃は思い描《えが》いた。彼女はその人のある程度の生い立ちが分かれば、かなり正確な性格や心理を読む事が出来るのだ。

「凶気《きょうき》を纏《まと》うには十分ですわね」

「それで？　身元が分かった所でスカウトでもしようってのかい？　でもちょっと難しいかもよ」

「舞妃にしたいという訳ではありません。ただ舞台に上げてみたい、そう思っているだけですわ。それに今は無理だとしても、千年でも二千年でも、レセプシーの歴史が続く限り気長に待ちますわ」

「歴史が続く限り、ね」

「さあ、もう満足でしょう？　気分を変えてもう一度辺りを見てらっしゃい」

舞貴妃に頭を撫《な》でられた舞十は、満足げに肯《うなず》くと、鷺羽に一礼し部屋を出て行った。

スッとドアが閉まり、外の雑音が遮断《しゃだん》されて再び静けさが戻った途端《とたん》、その場の空気がまた大人のそれへと変化した。

「ところで山田西南様についてもう少し詳《くわ》しくお聞きしたいのですが……」

舞貴妃の目に僅《わず》かに淫靡《いんび》な凶気のようなものが宿り、鷺羽はすぐにその意味を読み取った。

「あんた達も因果なもんだね。まあ、そういう意味では私達も同じだけれどさ」

レ・セプシーは演劇やショーに関するデータの集積と保護、その再現を目的とする一族だ。つまりそれを継承《けいしょう》する演者の育成こそもっとも重要な使命なのである。舞貴妃は舞妃《まいひ》や自身を超《こ》える、次世代の舞貴妃を育成する為、人材を捜《さが》すと同時に血の継承も重要視する。現在、舞貴妃の子は十名いるが、夫である支配人との子は二名、他は違《ちが》う男性との間に生まれた子なのだ。ただし遺伝子操作や身体改造の類《たぐい》は一切《いっさい》行わず、あくまで自然に任せるのがレ・セプシーのやり方だ。

「まあ興味を持つのも分かるけれどね。あの確率の偏《かたよ》りも対抗策《たいこう》も見つかったし……」

「あれだけの確率の偏りを抱《かか》えながら、健《すこ》やかな精神を持ち得たというのは、ある意味奇《き》跡《せき》に近い事ですが、何よりも、その西南様の生い立ちについての詳しいデータがあるのですから、興味を持つなと言う方が無理でございましょう？」

つまり同じ成果を再現出来る可能性が高いという事だ。

「とはいえ、私が西南殿を紹介《しょうかい》するのは、ちょっと立場的にはねえ」

ある意味、西南を種馬扱《あつか》いしているのだから、鷲羽といえども周りの者達に反対されるのは必至だ。そしてそうなると天地《てんち》の反応が怖《こわ》い。

「もちろん承知しておりますわ。鷲羽様にご紹介いただけなくとも、近い内にご縁《えん》がある事でしょう。ただその時になって慌《あわ》てないよう、事前に結果予想が欲《ほ》しいのです」

つまり西南と舞貴妃達の相性診断《あいしょうしんだん》と、生まれる子の簡単な予測が欲しいという事だ。

「了解《りょうかい》だ。だけど断っておくけれどあくまで予想だよ。何しろ相手はとんでもない確率の偏りを持っているんだからさ」

「娘《むすめ》達の分もお願い出来ますか？」

「私も、ですか？」

舞八の表情がパッと明るくなった。次世代の子を持つ話をされるのは、一人前と認められたという事なのだ。

「クックック、私なんかにパーソナルを渡《わた》していいのかい？」

「レセプシー強化メンテナンスの対価の一つ、という事で」

「ふむ……悪くない」

鷲羽は満足げに肯いた。

「……ん？　そういや挨拶《あいさつ》に来たあんたの娘は全員で七人だったが……後の二人は？」

「一人は駆《か》け落ち、もう一人は家出中ですので、残りの七人と私が対象という事になりますね」

「レ・セプシーの一族にもそういう事があるんだ」

「舞妃にまでなっても、約三割の者が色々な形で引退し出て行きますから、私の娘も例外ではありませんわ。もちろん帰って来たいと望めば、いつでも受け入れますし、そういった回り道も経験の一つ、芸の肥やしですもの」

「なるほど。ああ、それから一応確認《かくにん》しておくけど、一番下の娘は舞十ちゃんと双子《ふたご》なんだろ？　それもいいのかい？」

「あと五年もすれば、そういう立場になりますから」

（そうなると、その娘には『ぬるぬる君三号』は使えないねぇ……）

「……鷲羽様。まだ公演は続きますから、支障のない程度にお願いします」

鷲羽の反応に、ちょっと不穏《ふおん》な匂《にお》いを感じ、舞貴妃はそう釘《くぎ》を刺《さ》した。

「ん？　ああ分かった分かった」

だがその数時間後、本日の舞台《ぶたい》プログラムを終えた舞貴妃達は『ぬるぬる君三号』『なめなめ君一号』そして『吸い取りバキューム君四号』『拭《ふ》き拭き君五号』の餌食《えじき》となったのである。

舞貴妃達のコンサートが終わり、海賊《かいぞく》達は暫《しば》し舞台の余韻《よいん》で魂《たましい》を抜《ぬ》かれたように呆然《ぼうぜん》となっていた。盛大《せいだい》な拍手《はくしゅ》が沸《わ》き起こったのは緞帳《どんちょう》が下り、舞貴妃の気配が舞台から消えた頃《ころ》である。自身の感動を拍手で発散させた海賊達は、尚《なお》少しの間、無言で余韻に浸《ひた》っていた。だがその状況《じょうきょう》も心得たコンパニオン嬢《じょう》達によって、ホールには徐々《じょじょ》にギャンブルに興じる海賊達の喧噪《けんそう》が戻《もど》って来たのである。

舞貴妃達のコンサートの余韻に浸りたかったのか、連勝のギャンブルに飽《あ》きたのか、静《せい》竜《りょう》はダ・ルマーと共に、ホールの喧噪から離《はな》れ、静かなボックス席へと向かった。

「おおっ！　先程《さきほど》の舞貴妃達の踊《おど》りも素晴《すば》らしかったが、この景色もそれに匹敵《ひってき》する程素晴らしい」

ボックス席からは大ホールが見渡《みわた》せたが、ダ・ルマーの視線はその反対側の窓から見える、大型のドックに停泊《ていはく》している幸運艦《かん》に向けられていた。ライティングを施《ほどこ》された幸運艦は、もともと派手な外装がさらに強調され、巨大《きょだい》なオブジェのようだ。

「ああ、艦長。こちらにおいででしたか」

と、その時バリーが一人の男を伴《ともな》い、ボックス席へと入って来た。と、ダ・ルマーの姿を見て硬直《こうちょく》不動の体勢で、つい昔の癖《くせ》からかGPの敬礼をしたのだ。

「落ち着けバリー。敬礼が違うぞ」

「えっ⁉ ああああああっ、申し訳ありません！」

「がははは！ よいよい。皆《みんな》が楽しんでいる中、ご苦労だな」

「で、何か問題でもあったのか？」

「あっ、いえ。各海賊からのご祝儀《しゅうぎ》品のチェックと積み込み、及《およ》び幸運艦のメンテナンスチェックは順調で、今のところ問題はありません。ただ中央管理官の方が……」

「おおそうか！ これは儂《わし》とした事が、大事な事を失念しておったわ」

ダ・ルマーはバリーの後ろにいる男に見覚えがあるのか、男の顔を見て何かを思い出したように手を打った。

「そろそろ幸運艦に正式な艦名を付けなければならんのだったな。……静竜殿《どの》、ここは艦長自らいい名を付けてやってくれい」

「ハッハッハ！　社長、実はもう考えてあるのです」

立ち上がり、ニヤリと笑う静竜はグッとVサインを突《つ》き出した。

「なんと！　さすがは艦長だ……で、その名は？」

「船の名は勝利のV、ヴィクトリー号と！」

「申し訳ありませんが、それは既《すで》に他の船に登録済みですね」

そんな静竜に冷や水を浴びせかけるように、管理官はあっさりと事務的に答えた。

「……なに？　で、では、グレートヴィクトリーだ！」

「それもあります」

「では、ウルトラスーパーグレイト号！」

「あります」

「ハイパーデラックスグレイト号！」

「あります」

「クッ！」

×　　×　　×

約三十分程、静竜と管理官の応酬《おうしゅう》は続いた。

「その名もありますね」

「おおおおおおおおおおお、おのれぃ……」

静竜のテンションに対し、あまりに事務的な返答に静竜の苛立《いらだ》ちもマックス状態だ。

「うむ……なかなか決まらんな……」

「はあ……そうですね」

いつの間にかバリーとダ・ルマーは仲良く隣《となり》同士で、一緒《いっしょ》にワインをちびちびと飲みながら静竜達のコントのようなやり取りをジッと見ていた。

「では、コードネームのまま『幸運』という名前ではどうだ！」

ブブーっと登録端末《たんまつ》がエラー音を発する。

「ええぃ！　ちょっとそれを貸せ！」

静竜は管理官の端末を取り上げると、そこに記載《きさい》されている船舶《せんぱく》名をスクロールして行く。

「うぬぬっ！　運の良さそうな名など、もう残ってないではないか！」

「……まあ、どの人も自分の船に運の良い名前を付けたいですからねえ……。艦名に使えそうな文字も……」

管理官はオープン辞書を起動すると、検索《けんさく》を始めた。

「……ん？　ああ、ひとつだけ、運という字のつく名前が残っていますが……」

「運という字だと？　……不運、とかいうんじゃあるまいな？」

静竜は管理官の前に起動しているモニターを覗《のぞ》き込んだ。

「字面《じづら》はいいですけど、これはちょっと……」

「いや、いい名ではないか。よしそれだ、それをもらう！　他の奴《やつ》には渡すな！」

「よ、よろしいんですか？　これって……」

能面のような表情で対応していた管理官も、少々驚《おどろ》いた表情だ。

「こうしている間に取られたらどうする、一秒でも早く登録をするんだ！」

「本当に？」

「くどい！」

静竜にピシャリと言われても、管理官は不安げに助けを求めるようにダ・ルマーの方を見た。

「ハッハッハ！　よいよい。艦長の言う通りにせよ」

「はっ！　で、では……」

ピーッ。端末から登録完了《かんりょう》の音がする。その音を聞きながら静竜は満足そうに幸運艦を見上げた。

3 「樹《き》選びの儀《ぎ》式《しき》」

アカデミー理事長室では、アイリと美守《みかみ》、そして瀬戸《せと》までもが疲《つか》れた様子でグッタリとソファーに沈《しず》み込むように座っていた。その雰囲気《ふんいき》に影響《えいきょう》されたのか、広大な室内はどんよりと澱《よど》んだ空気に包まれていた。

「……幸運艦《こううん》のせいで、経済もすっかり冷え込んじゃったわね」

モニターに映る経済に関するデータは、どれもが下落していた。

「輸送業者と保険会社、先週だけで合わせて一六〇〇社が収益の下方修正、その半数が倒《とう》産《さん》の危機に瀕《ひん》しています。宅急便課の被害《ひがい》額も右上がり急上昇《きゅうじょうしょう》中です」

「被害件数としては多くはありませんが、全《すべ》て希少資源や重要物資ばかりというのが痛いですわね。

「このままじゃ銀河全体の輸送、ひいては商工業活動もかなりの業種がストップしちゃうわよ……」

「中央は問題は無いけれど、末端《まったん》の地方の影響は大きいわね。下手をすれば連盟からの離《り》脱《だつ》、海賊ギルドへの参画という事態もあり得るわ」

「やっぱり、頼《たよ》りは西南《せいな》君なんですよね。目には目を、幸運には不運を……」

ため息と共にアイリは机に突っ伏《ぷ》し、そのまま横目で瀬戸を見た。

「でも、今のままの守蛇怪《かみだけ》では、万が一の事態が起こり得るわ。迂闊《うかつ》に出撃《しゅつげき》させるのは危険よ」

「……そうなるとかなり大規模な数を捜索《そうさく》に割《さ》かねばなりませんから、他の犯罪への対処が出来なくなりますね」

「問題は防御《ぼうぎょ》なのよねぇ……」

「当然、いろいろ試《ため》してはみたのでしょう？　結果は？」

「霧恋《きりこ》ちゃん達にも防御面の補佐《ほさ》をさせてみたのですけど、福《ふく》ちゃんとの反応に差があり過ぎて、僅《わず》かな隙《すき》がどうしても出ちゃうんです。普通《ふつう》なら全く問題の無い誤差ですが、幸運艦との戦闘《せんとう》データからすると、その隙が致命《ちめい》的なモノになってしまうんです」

「ＡＩ制御《せいぎょ》は？　守蛇怪一号艦のユニットとかは？」

「それが一番、確実な方法と思われるのですけど、守蛇怪と完全シンクロさせるには、幸運艦との戦闘データの蓄積《ちくせき》が必要です。何しろ運不運という高度に複雑なファクターの予測ですから、相手の癖を完全に把握《はあく》したとしても、それでも完全に防げる保障は無いんですから……。どちらにしろ蓄積する前にやられちゃうでしょうけどね」

「結局、現状では一番の解決策が、福ちゃんの成長を待つという選択肢《せんたくし》なのね……」

「ホホホ。待っている間に、銀河連盟が倒産しちゃいますね」

「と、なると後は……」

そう言いつつアイリと美守はジッと瀬戸の方を見た。現状、唯一《ゆいいつ》の解決策が瀬戸の決断次第《しだい》だと分かっているのだ。

「つまりは一発逆転の手を打つしかないって事ね」

瀬戸も決意したように、お茶をグイッと飲み干した。

「いい機会、かもしれないわね」

× × ×

水鏡《みかがみ》に戻って来た瀬戸は、ブリッジにある庵《いおり》へと向かった。そこから樹雷皇《じゅらいおう》の船、『霧《きり》封《と》』のブリッジへと転移した。事前に訪問を伝えていたので、待つ事無く阿主沙《あずさ》との会談は行われた。

「なるほど、霧恋に樹選びの儀式をな……」

阿主沙は腕組《うでぐ》みをしてソファーに深くもたれ掛《か》かった。

「皇家の樹の反応速度ならば、守蛇怪の隙を埋《う》める事が出来るわ。鷲羽《わしゅう》ちゃんの船と皇家の船の相性《あいしょう》の良さは証明済みだもの」

約七百年前、魎皇鬼《りょうおうき》が樹雷を襲《おそ》った時、第三、第二世代の船が魎皇鬼の攻撃《こうげき》に、一瞬《いっしゅん》ではあるが躊躇《ちゅうちょ》したという事実がある。皇家の樹には主人の生命が脅《おびや》かされない限り、上位世代の命令を聞くという理《ことわり》があるのだ。つまり皇家の樹達は、魎皇鬼を第一世代の樹と認《にん》識《しき》していたという事だ。そしてその事は、魎皇鬼が守蛇怪を運んで来た時に確認された事実なのである。

「ならば是非《ぜひ》もない。柾木《まさき》家で構わぬだろう？」

「え？」

この答えにはさすがの瀬戸も驚きを隠《かく》せない。何しろ霧恋を皇族に推《お》す事自体、かなりリスクのある事だからだ。

正木《まさき》家の者達が遥照《ようしょう》の血筋である事は公表されていない。遥照の生存事実が公表されていないのだから当然だ。もちろん船穂《ふなほ》の妹の血筋という事にも出来るが、地球人の世代交代は早い為《ため》に、七百年も経てば皇眷族《けんぞく》とは認められず、それ以前に、本来であれば宇宙に上がる事すらも認められないのだ。だから正木の者達は表向きには樹雷第一皇妃《こうひ》、船穂の故郷である地球の管理者でしかなく、あくまで正木の名は役務上の名称《めいしょう》なのである。

霧恋自身、それなりにGP内では有能で知られた存在であり、かつ山田西南の補佐としての名声はあったとしても、結局は一市民でしかない。そんな彼女を皇族に迎《むか》え入れるには、まだまだ柾木家の現当主、船穂の権力基盤《きばん》は強くないし、樹雷皇の阿主沙にはその決定権が無い。樹雷皇としてはあくまで四家の賛成があって初めて、それを了承《りょうしょう》する事が出来るのである。だからこの手の横車が利《き》くのは『樹雷の鬼姫《おにひめ》』神木《かみき》・瀬戸・樹雷ただ一人なのだ。

「霧恋の出自を明らかに出来んとはいえ、あの娘《こ》は間違《まちが》いなく柾木家の眷族だぞ。ましてや将来、山田西南殿《どの》に嫁《とつ》がせようというつもりならば尚《なお》の事、あの娘の経歴に傷を付けるわけにはいかん」

一度、神木家の養女とし、後に柾木家に——そのような、明らかに政治的理由で経歴を変える事は、たとえその時点では最適といえる配慮《はいりょ》だとしても、結果的には姑息《こそく》な手段と思われ、霧恋の皇族としての経歴に傷を付ける。そして同時に、柾木家当主である船穂の恥《はじ》にもなるのである。

「船穂とて同じ事を言うだろうし……第一、そうなれば美砂樹《みさき》と水穂《みなほ》が面倒《めんどう》だぞ」

「うっ……」

美砂樹は既に柾木家の人間だ。身内の可愛《かわい》い娘《むすめ》っ子《こ》を、実家とはいえ他家に取られ、そこからお嫁《よめ》に出すなどという行為《こうい》を容認する筈《はず》など無い。瀬戸の副官である水穂は、それ

なりの理解は示すだろうが、それでも阿主沙と船穂が霧恋の柾木家養女を了承したとなれば、自身も柾木家の人間として当主の意見に賛同、支持するだろう。たとえ瀬戸が良かれと思った行為であろうとも、スッゲー面倒な娘と、スッゲー面倒になりつつある副官を敵に回す事になるのだ。

「正直、そうしてくれるとありがたいのだけれど……」

瀬戸自身、美砂樹と水穂を敵に回す面倒以上に、ここ数年という短期間で一市民であった九羅密《くらみ》マシスと、地球に居るノイケを神木家の養女とした事が少々問題となっているのだ。それが皇眷族ならばいざ知らず、皇家の樹《き》を持つ皇族の養女ともなれば相応の理由が必要だ。まだマシスは九羅密家の直系、九羅密美咲生《みさお》との結婚《けっこん》という理由があったが、ノイケの場合は明確な理由が無い。遥照の生存が公表され、その孫である天地やその周りにいる女性達との状況《じようきよう》を知れば、その監視《かんし》役という重要性は認知されるだろうが、それでもノイケを皇族とする理由は薄《うす》く、他にも適任と思われる皇族の姫《ひめ》は居る。あくまで瀬戸の都合、気まぐれでしかないのだ。その上でさらに霧恋を養女とする事は、いかに瀬戸といえどリスクが大きいのである。

「幸いと言っては何だが、霧恋の場合は柾木家の方が都合が良いのだ」

「どういう事？」

「西南殿は地球出身。しかも船穂とは同郷で、宇宙規模で言えば同胞《どうほう》、家族も同然だ。だから西南殿を柾木家皇眷族に、或《ある》いは皇族にと考える連中も多いって事だ」

「なるほど。西南殿の存在が大きくなってきたから、ＧＰに取り込まれているのが面白《おもしろ》くないって事ね」

「今更《いまさら》、樹雷側の人間だと主張も出来んし、西南殿の意志もある」

「……となると、霧恋ちゃんを柾木家の養女にするのもそれ程《ほど》難しくはないかもね。他家に対する説得も道筋が見えたわね」

「問題はＧＰ軍の連中だ。どちらかといえばそちらの方が問題ではないのか？　連中から見れば霧恋の養女話は寝耳《ねみみ》に水、まあ極端《きょくたん》に言えば裏切りにも近い話だ。もちろん霧恋は樹雷で守るが、それを阻止《そし》出来なかった美守殿はどうなのだ？」

　本来霧恋は軍属と見なされている。そしてそれは極論を言えば世二我《せにわ》側の人間という事だ。それが樹雷皇族の養女となる事は、裏切りにも等しい行為なのだ。もちろんそこまで考えるのは一部の美雲《みくも》私設軍直系の者達だけだが、それでも軍にとっては面白くない出来事には変わりはない。本来ならば、その事に対する非難は霧恋本人へと向けられるものだが、さすがに樹雷皇族では手出しが出来ない。となれば彼らの怒《いか》りは美守に向けられる事となる。美守は本家九羅密とはいえ当主争いから外された存在であり、本家九羅密も美雲崩御《ほうぎょ》で強力な後ろ盾を失った。

「美瀾《みなみ》殿が長老会会長になればいいが、もし泰馬《たいま》殿が指名されれば厄介《やっかい》だぞ」

「それこそ大きなお世話よ。私にケンカを売ってた第一聖衛艦隊《かんたい》隊長殿は健在なのよ」

「ならば問題は無い、という事か。GPから世二我の影響力を排除《はいじょ》するにはいい機会かもしれんな」

銀河連盟の力の象徴《しょうちょう》であるGPに、一国の影響力が強いのは問題だ。美雲は世二我からの影響力を排除し、中立を守っていたのでさほど問題にはならなかったが、その美雲が居なくなった現在、世二我の影響力を高めようとする流れが起きる可能性は高い。もちろんもともと樹雷の組織だったアカデミーにも同じ事が言えるが、二つの組織には本質的に大きな違《ちが》いがある。GPは軍や警察組織という性格上、上下関係に厳しいものがあり、トップの意志の影響は強く作用する。しかしアカデミーは学者の集まりだ。その性格上、ある程度の集まり、学閥《がくばつ》といったものはあるだろうが、基本個人の集団だ。しかも誰《だれ》かに支配されるのを嫌《きら》う気風も強い。だから樹雷の影響力は小さく、かつ流動的なのである。

「連中の反発は大きいでしょうけれど……その対処に関しては、以前から話している通り、こちら側で対処するわ。どちらにしろすぐに動くという事は無さそうだけれど」

「ではすぐさま各皇家に根回しをするとしよう」

阿主沙と瀬戸は、それぞれの役割を果たすべく早足で転送ゲートへと向かった。

再び水鏡の庵に戻《もど》って来た瀬戸は大きな溜息《ためいき》を吐《つ》いた。

「西南殿には面倒な役回りを押し付けてばかりね」


「……ご用は、なんでしょうか」

休業中の札のかかった定食屋ナーシスのバルコニー席に、霧恋は戸惑《とまど》いつつも警戒《けいかい》するような表情で座っていた。その原因はテーブルを挟《はさ》んだ向かいに座っている、満面の笑《え》みを浮《う》かべた瀬戸の存在だ。

「貴女《あなた》、樹選びの儀式《ぎしき》を受けてみない？」

「は？」

きょとんとした顔のまま霧恋は絶句し、しばし無言の間が過ぎた。そしてようやく我に返り、驚《おどろ》きで椅子《いす》から腰《こし》を浮かせる。

「……わ、私がっ!?」

樹選びの儀式は樹雷の皇族しか許されない儀式、つまり瀬戸は霧恋に皇族になれと言っているのである。彼女が驚くのも当然だ。

る。

「しかし!?」

「……雨音《あまね》ちゃんはカウナック」

瀬戸が言わんとする事に気付き、というより図星を突《つ》かれた霧恋は、ハッと身を固くする。

「リョーコちゃんはバルタの末裔《まつえい》で、ネージュちゃんは巫女《みこ》。……もちろん、家柄《いえがら》イコール人間性ってわけじゃないけれど、……もしも少しでも引け目を感じているのなら、ちょっとしたスキルを持つのも悪くはないんじゃない？」

顔を赤らめうつむいている霧恋に、瀬戸は微《かす》かな笑みを浮かべてジッと見つめた。つまり西南への思慕《しぼ》に背を押そうとしているのだ。というより『さっさとくっ付け』と言っているのである。

「すでに樹雷皇と四家の長の承諾《しょうだく》も取ってあるわ。船穂殿も楽しみにしているそうよ」

「……まっ、まさか柾木家に？」

「他にどこがあるのよ？」

「ええっ!?　で、でも……」

瀬戸が驚いた事実なのだから、霧恋が絶句するのも無理はない。

（……ちょっとしたスキル？）

瀬戸と樹雷皇の会話で柾木家の政治的基盤が弱いという話はあったが、それはあくまで樹雷の国内での話だ。他国から見れば現樹雷皇を輩出《はいしゅつ》した柾木家というのは大きなステータスを持つのである。

皇族柾木家——少なくとも霧恋が知る限り、銀河連盟内で個人に後付け出来る最高のステータスだ。例えば皇族が他国へ公式訪問する場合、どの皇族が派遣《はけん》されるかが、その国のステータスとなる。もちろん最上級は樹雷皇の訪問だ。次に柾木家当主、現樹雷皇第一皇妃《こうひ》船穂。次いで第二皇妃美砂樹、そしてその次が柾木家の皇族だ。瀬戸のような例外を除き、他の皇家の当主よりも柾木家の皇族の方が格上となるのだ。当然、その柾木家の養女となるには、それなりの公表出来る出自と理由が必要なのである。

もちろん瀬戸がこの話題を出した以上、諸問題はクリアされているという事だが、それでも戸惑うなと言う方が無理である。

「霧恋ちゃんはね、自分の置かれた立場を過小評価してるわよ」

「は？」

「西南殿は良い意味でも悪い意味でも、いまや銀河連盟になくてはならない人材よ。その行動に関する影響力《えいきょう》は経済を大きく左右するわ。そして彼の属するＧＰは、昔程でないにしろ、世二我の影響力の強い場所。船穂殿と同じ地球出身というだけでは、ちょっと樹雷が出遅《でおく》れた感があるのよねぇ」

「つまり樹雷の紐付《ひもつ》きにしたいと……」

「命令してあげてもいいけれど？」

「！」

瀬戸にそう言われ、霧恋は再び黙《だま》り込んでしまった。

「………」

もちろん、瀬戸に命令された方が、すんなりと雨音達との競争に参加は出来るが、それは西南に対して不誠実な気持ちで接するという事だ。

（そんな気持ちで西南ちゃんに接したら、今度こそ……）

今度こそ、霧恋は自分を許せないだろう。だが、雨音達の純粋《じゅんすい》な想《おも》いに対抗《たいこう》出来る自信が無いのも事実だ。

——家柄イコール人間性ってわけじゃないけれど。

——ちょっとしたスキル。

瀬戸の言った意味が、痛い程、理解出来る。つまり皇族という立場が、霧恋の背中を押すきっかけになるのだ。霧恋にとっては西南という存在はそれ程までに大きいものとなっていたのだ。

「貴女の事だから、その事が九羅密系の軍関係者を敵に回しかねないと分かっているでしょうけど……」

「私の事より、美守様が……」

「優《やさ》しいおばあちゃん姿のイメージが定着しているから無理は無いけれど、それこそ認識《にんしき》不足よ。あれはそんなに可愛《かわい》らしい女性じゃないわ。それより貴女はどうなの？　軍を敵に回す覚悟《かくご》はある？」

「…………」

「……負けたくは……ないんでしょう？」

霧恋の目に強い光を感じた瀬戸はそう問うた。そして霧恋は俯《うつむ》いたまま小さく肯《うなず》いたのである。もともと霧恋の素性《すじよう》が明らかになれば同じ事。今の彼女にとって、軍関係の事は些細《ささい》な事でしかない。

「決まり、ね」

瀬戸は最初の時以上に、満面の笑みで肯いたのだった。

「さて、そうと決まったらすぐに樹雷に行くわよ」

「は？」

「善は急げよ」

「えええええええええええええええっ⁉?」

×　×　×

「では守蛇怪に皇家の船を⁉」

霧恋が瀬戸に連れられてやって来たのは、守蛇怪専用のGPドックだった。

「貴女も守蛇怪の防御《ぼうぎょ》実験に参加したのだから、結果は知っているでしょう?」

現在の状況《じょうきょう》では、幸運艦に対抗するには、守蛇怪に防御用の制御《せいぎょ》システムを搭載《とうさい》するしかない。

「まさか……それを皇家の樹《き》に⁉」

「皇家の樹とユニゾンコントロールが出来れば、攻撃《こうげき》と操艦に集中出来、福ちゃんの負担は無くなるわ」

「しかしそううまく行くでしょうか? 守蛇怪一号機の疑似皇家の樹システムでは、実戦データの収集が必要という結論でしたし、いくら皇家の樹といえど、実戦無しで完全なユニゾンが出来るとは思えません」

「七百年前のファーストコンタクトが戦闘《せんとう》だったから意外に思うけれど、皇家の樹と魎皇鬼って相性は凄《すご》く良いのよ。当然福ちゃんともね」

「それでも……やはり幸運艦相手では不安要素があります」

「その不安要素は、貴女が居る事で無くなるのよ」

「えっ!?」

「皇家の樹はね、マスターである者の意識と同化に近い状態になれるの。それこそ双子《ふたご》よりももっと強い結びつきが生まれるわ。つまり貴女の知識や経験が……守蛇怪で蓄積《ちくせき》した戦闘経験も、福ちゃんや西南殿《どの》、そのほかのクルー達との絆《きずな》も、そのまま皇家の樹に伝わるの。しかも皇家の樹の演算反応速度は、現在の最高度コンピューターを軽く凌駕《りょうが》しているわ。だから幸運艦との戦闘をするまでもなく、ちょっとした打ち合わせ程度の訓練で、完全なユニゾンが可能でしょうね」

「それで私に皇家の樹を……」

「それと柾木家の勢力もこれをきっかけに拡大したかったしね」

「でも私一人ではさほどの力には……。それよりは早い機会に遥照様の生存公表をした方がよろしいのでは？　そうすれば直系の天地君や天女《てんにょ》様、それに正木の村の者達も皇眷族《けんぞく》として力になれるかと」

「さすがに七百年も皇族としての義務を放棄《ほうき》していた訳でしょう？　だからせめて西南殿の功績を、その公表の手土産《てみやげ》にしたいのよ」

「手土産、ですか……」

「樹雷に何も報告せずに地球に居続けた言い訳ね。もちろん天地殿や天女殿、正木の村の者達の功績も大きいし、魎呼《りょうこ》ちゃんと鷲羽殿の存在も十分な理由にはなるけれど、やはり西南殿のインパクトは絶大なのよ」

「そのどれも本星の指示を仰《あお》ぐ、というのが最善の方法と言われれば反論出来ません。スタンドプレイのようには思われませんか？」

「少なくとも魎呼ちゃんや鷲羽ちゃんに関しては、七百年という時間が必要だったのは確かだし。私が悪者になれば済む話よ。実際、私は知っていて黙っていた訳だし、皇族の若い頃《ころ》のやんちゃは良くある事よ。でもそんなモノ、西南殿を含《ふく》め、遥照殿が提示出来る成果に比べれば些細な事よ」

「了解《りょうかい》しました」

「せっかく水鏡を連れて来ているから、貴女の樹と合わせる前に、ちょっと実験をしておこうかと思ってるの」

「ユニゾンの実験ですか？」

「福ちゃんに変な癖《くせ》を付けたくないから、完全なユニゾンはしない方がいいわ。だからある程度のコントロールは福ちゃんにして貰《もら》う事になるわね。それでも全《すべ》て自分でコントロールするよりは楽だわ」

瀬戸の戦い方は、今まで霧恋達が培《つちか》って来たモノとは異質だ。それを皇家の樹との初ユニゾンの経験にしたくはないのだ。

「皇家の船の力をコントロールですか？　通常状態ならまだしも、もし移動途中《とちゅう》で幸運艦に出会《でくわ》しでもしたら……」

「その時はその時よ。最悪でも水鏡の方で防御が出来るから、逃《に》げればいいわ」

「そ、そうですか……」

幸運艦と出会った瀬戸が、逃げるという選択肢《せんたくし》を選ぶ確率はかなり少ない。そうなれば下手をすると、また福ちゃんに怪我《けが》をさせかねない。霧恋は幸運艦で出会わないよう、心から願った。

「しかし考えてみれば、もし幸運艦と遭遇《そうぐう》出来たのであれば、水鏡様単騎《たんき》で撃破《げきは》が出来るのではありませんか？」

「一番難しいのが、その遭遇する事なのよね。鷲羽ちゃんの見解では、皇家の船が居る事で、西南殿の海賊《かいぞく》を引き寄せる確率に大きな変動があるみたいで、その数値を出来るだけ少なくする為《ため》の同化なの」

「……なるほど、そういう事ですか」

つまり瀬戸にしても、この航海中に幸運艦との遭遇は期待していないという事だ。

「まあ、万が一にも幸運艦と遭遇して、更《さら》に撃破出来ちゃったとしても、それは今回の同化実験目的の半分だしね」

「他に何か理由が？」

「将来的な樹雷の戦力アップのテストでもあるの。皇家の船だけでなく、守蛇怪一号ユニットと魎皇鬼システムとの、ね」

「もう次の次の主戦力艦の実験を？」

「次の次の次くらいよ。だから出来るだけ、その場限りのやっつけにはしたくないの」

「瀬戸様！」

瀬戸と霧恋の姿を認めた珀蓮《はくれん》達が駆《か》け寄って来た。

「水鏡様の収容完了《かんりょう》。すぐにでも樹雷へ向け出航出来るようになっています」

「そう、ご苦労様。福ちゃんはどこに？」

「西南様とブリッジで待機していますが」

「じゃあ、行きましょう」

×　×　×

守蛇怪ブリッジに居た西南達は、珀蓮達を伴《ともな》った瀬戸が転送されて来たのを見、一斉《いっせい》に起立して敬礼をした。

「お疲《つか》れ様。出航前に、ちょっと福ちゃんを借りるわね」

「ミャ？」

瀬戸に抱《だ》き上げられた福は、不思議そうに小首を傾《かし》げた。

「ねえ福ちゃん、ちょっと水鏡とお話をして貰いたいんだけれど、いい？」

「ミャア！」

格納された水鏡の存在を意識していたのであろう、福はすぐさま瀬戸の意図を理解して返事をした。

「ありがとう。じゃあ詳《くわ》しい話は霧恋ちゃんから聞いてちょうだい」

瀬戸はそう言い残し、さっさと転送ゲートへ消えて行った。それを見送った後、西南達は事情を聞くべく、一斉に霧恋の方に目を向けた。

「ミャン、ミャン」

瀬戸はご機嫌《きげん》の福を頭に乗っけ、スキップをしながら水鏡のブリッジにやって来た。その浮《う》かれた様子は、瀬戸を知るものが見たら自分の頬《ほお》をつねり、それが現実かどうか確かめる事だろう。だがその様子は砂沙美《ささみ》と魎皇鬼の姿を思わせるもので、意外と似合っている。

ブリッジには当直の女官《にょかん》が居たが、彼女達の視線は福に集中し、誰《だれ》も瀬戸の様子を気にする者など居ない。何しろ樹雷で大人気だった魎皇鬼の妹が来たのだ。瀬戸の様子に突《つ》っ込《こ》むよりはよほど建設的だ。

「は〰〰い、到着《とうちゃく》」

「きゃ〰〰っ、福ちゃ〰〰ん！　いらっしゃい！」

歓喜《かんき》した女官達は我先と福の周りに集まって来た。

「はいはい、みんな落ち着いて落ち着いて。先に水鏡とシンクロ調整をしてからね」

瀬戸は餌《えさ》を求めて集まって来た鯉《こい》のような女官達をかき分けるように、水鏡の樹へと近付いた。

「水鏡、福ちゃんにご挨拶《あいさつ》を」

と、瀬戸の言葉が終わらぬうちに、待ちかねたと言わんばかりに、水鏡は神経光を豪雨《ごうう》の如《ごと》く降りそそぎ始めた。

「ミャ！　ミャアミャアミャアミャア！」

福はその熱烈歓迎《ねつれつかんげい》に、嬉々《きき》として瀬戸の頭の上でピョンピョンと跳《は》ねた。さすがにその様子が可笑《おか》しかったのか、水鏡の喜び具合に影響《えいきょう》を受けたのか、はたまた福の愛らしさからなのか、女官達からドッと悲鳴のような笑いが起こった。

「ほらほら水鏡も福ちゃんも落ち着いて」

瀬戸は苦笑《くしょう》顔で頭の上で跳ねる福を摑《つか》むと、水鏡に顔を向けるように抱き締《し》めた。

「じゃあ、水鏡。お願い」

と、水鏡から一筋の神経光が福の額の宝石目掛《めが》けて発せられた。

「きっ、霧恋が皇族に⁉」

霧恋から事情説明を受けた雨音は、驚《おどろ》いたように立ち上がった。もちろん他の者達も同様である。

「それはそれは、おめでとうございます霧恋様」

だが瀬戸から事前に情報を得ていた珀蓮達四人はスッと、霧恋に恭《うやうや》しく一礼しながら祝辞を述べた。

「ああっ！　お、おめでとう」

珀蓮達の祝辞に、啞然《あぜん》となっていた西南達も慌《あわ》てて祝辞を述べた。

「ありがとう。私も瀬戸様から聞かされて、まだ信じられない気持ちなの」

「……これからは私達も霧恋様とお呼びしなければいけないわね」

「雨音に真面目《まじめ》に言われると、背中がむず痒《がゆ》いわ」

真面目な雨音の表情に、霧恋は思わず噴《ふ》き出した。

「なんでだよ！」

「公務の場では仕方が無いとしても、それ以外ではいつも通りにして貰えるとありがたいわ。どちらにしろ、ＧＰでは階級優先なんだもの」

「それもそうね。もともと霧恋さんって、公表はされていないだけで、柾木家皇眷族なんだし、今さら必要以上に畏《かしこ》まるのも逆に変よね」

「ああ、そういやそうだったな」

ネージュの言葉に、雨音もエルマもすんなりと納得《なっとく》したように肯《うなず》いた。雨音もネージュもエルマもセレブ側の人間だ。さすがに樹雷皇族ともなれば構えるところもあるが、瀬戸や水穂、林檎《りんご》とも付き合いが深い為、それなりに免疫《めんえき》がある。だが西南はさすがに戸惑《とまど》いを隠《かく》しきれない様子だ。

「なんだ西南、今までさんざん皇族の人達と接して来て、今さら緊張《きんちょう》する事？　だいたい西南が昔ッから顔を突き合わせて来た天地君や勝仁《かつひと》様、天女様もみんな樹雷皇族なの忘れた？」

「そ、それはそうですけど……」

「いつも通りにしてちょうだい。私自身は何も変わらないんだから」

「が、頑張《がんば》ります！」

真摯《しんし》な目で見つめられるとよけい緊張する。

「おいおい、頑張るようなものなのか？」

「そ、そうなんですけど……」

西南にとってやはり霧恋は特別な存在だ。姉であり母親であり一種の目標でもある、霧恋を超《こ》えるとまでは行かなくとも、その人間的な大きさに近付く事が、西南にとっての成長の目安なのだ。正直、イムイムでかなりその距離《きょり》を縮めたと思った所に、この皇族騒《さわ》ぎだ。しかも西南も宇宙に来て数年が経《た》ち、樹雷という存在の大きさを理解して来た所だから尚更《なおさら》である。もちろん肩書《かたが》きで人を区別するつもりは無いにしろ、それでも、それでも……なのである。

(また遠退《とおの》いちゃった感じなんだよな……)

「ねえ西南ちゃん。私が皇族になるのは、西南ちゃんが理由なのよ」

さすがに長い付き合いの霧恋は、西南の不安を察した。

「えっ!?」

「実は幸運艦《かん》に対抗《たいこう》する為、この守蛇怪に皇家の船を載《の》せる計画があるの」

「瀬戸様の水鏡様は、その為に？」

「あくまで事前調査の為の実験でしかないわ。最終的には同化に近い形でリンクさせようとしているの。他の皇家の船では、常時、一緒《いっしょ》に居る訳には行かないから、私に船を、という事になったの。もちろんそれ以外にもいろいろな目的はあるけれど、一番の要因は西南ちゃ……いえ、艦長の存在なんです」

「なるほど、それで樹《き》選びの儀式《ぎしき》を急ごうとしているのですか」

　珀蓮達は納得したように肯いた。

「樹選び？」

　だが西南達は聞き慣れない言葉に首を傾げた。

「ええ。皇家の樹は意志を持っているのは知っているわね？　だからパートナーになるための儀式……言うなればちょっとした、お見合いみたいなものをするの」

「その樹を守蛇怪に同化、ですか？」

「一番の目的は守蛇怪のガード面を担当して貰《もら》うの」

「光鷹翼《こうおうよく》によるガード!?　なるほどね。そうなれば確実に幸運艦に対抗出来るわね」

「ええ。福ちゃんが成長するまで幸運艦を野放しには出来ないもの」

「幸運艦による被害《ひがい》は無視出来ない位に拡大していますが、通常の取り締まりでは捕《つか》まえる事はおろか、遭遇《そうぐう》すら出来ませんからね」

「その可能性があるのは守蛇怪だけ……つまり西南の存在ってのは、今やそれだけ重要だって事だな」

「は、はあ……」

自己評価の低い西南は、みんなからそう言われてもなかなか実感が湧《わ》かない。

――ピピッ！

その時、短いコール音と共に瀬戸の映ったモニターが起動した。

『そちらの準備 状況《じょうきょう》はどう？』

「はい。こちらはいつでも発進出来ます」

『ん〜〜〜。でも西南殿《どの》はちょっと複雑そうねぇ』

西南の顔色を窺《うかが》うように瀬戸のモニターが近付く。

「えっ!? あ、いえ……その。ちょっと驚いちゃって……」

『クスッ……まあ肩書きなんて、女のアクセサリーの一つ位に思うと良いわ』

「アクセサリーって……」

簡単に言うが、そのアクセサリーが世界最大級の宝石とかの類《たぐい》だから質《たち》が悪い。

『申し訳ないのだけれど、こちらはもう少しかかりそうなの』

「何か問題でも？」

『宅の娘達《むすめ》がね……』

そう言うと瀬戸はスッと画面から外れ、軽くズームアップされた先には、福の周りに集まってキャピキャピと楽しげな女官達の姿が見えたのだった。

『彼女達が満足するまで、ちょっと待っててちょうだい』

「は、はあ……」

何やら拍子抜《ひょうしぬ》けする光景に、西南も少し緊張が緩《ゆる》んだ。

4「その名は……」

レセプシーにある大聖堂に向かう通路を、意気揚々《いきようよう》と二人の新人海賊《かいぞく》が歩いていた。その重厚《じゅうこう》な歴史を感じる古い通路とふかふかのレッドカーペットは、新人海賊にとって歩くのに勇気のいる豪華《ごうか》さだ。

「どうぞこちらへ」

ともすれば間違《まちが》って入ったのでは？　と臆《おく》する程《ほど》の豪華な造りの通路を、それでも彼らを先導してくれる美しいコンパニオン嬢《じょう》の言葉を支えに、その後をついて行く。

だが最初の緊張《きんちょう》感も抜《ぬ》け出すと、新人海賊達はこのような場に招かれる事に優越《ゆうえつ》感を感じ始めた。

「やったな、お互《たが》い幸運《こううん》艦に配属とは」

「ああ。いきなり旗艦《きかん》に所属なんて夢みたいだ。まぁ昔から運は良い方だったからな。実力じゃとても……」

「なぁに、運も実力の内と言うぜ。もっともっと運を良くして、バンバン活躍《かつやく》しなくっちやな」

「ふっ、お前には負けないぜ」

「望むところだ」

熱血ドラマっぽく握手《あくしゅ》を交《か》わす二人の目の前、重厚なドアが重い音を立てて開いた。

「うわぁ……」

そこには、煌《きら》びやかな幸運艦と、静竜《せいりよう》以下クルー達がズラリと整列していた。そして何と更《さら》に一段高い場所には、

「ようこそ、新たなる幸運の戦士よ！」

新人海賊などでは、間違っても直接目通りなど出来ない、総統ダ・ルマーが立っていたのである。

「我々は君達を待っていた」

その言葉に、新人海賊達は希望と期待に顔を輝《かがや》かせたのだった。

×　　×　　×

舞貴妃《まきひ》達はレセプシーの展望室から、幸運艦隊《かんたい》の出撃《しゆつげき》を見送っていた。さすがにこの時ばかりは発見の危険も顧《かえり》みず、派手なイルミネーションの見送り付きだ。幸運艦隊が短距離《たんきより》のジャンプを行うまで見送った後、すぐさまダイ・ダ・ルマーと共にレセプシーも移動

を始めた。

「クックック。いつ見ても派手だねぇ」

舞貴妃達の後ろから、鷲羽《わしゅう》が声をかける。と、舞貴妃と舞八《まや》を残し、他の娘達は恭《うやうや》しく鷲羽に一礼をすると、舞十《まいと》を引き摺《ず》り展望室から逃《に》げ出すように出て行った。

「おやおや、嫌《きら》われちゃったかな？」

彼女達は『ぬるぬる君三号』達によって結構なトラウマを刷り込まれていた。その場に残った舞八も舞貴妃の後ろに半身を隠し、足は少し震《ふる》えていた。

「なかなか得難《えがた》い経験でしたわ。ちょっと癖《くせ》になりそうで」

だが舞貴妃は平然とそう言った。

「喜んでくれて何より何より。おかげでいいデータが取れたよ」

「それで今日は何のご用でしょうか？　私と舞八に、との事ですが……」

舞八の方を軽く一瞥《いちべつ》し、舞貴妃は鷲羽の方を向いた。

「西南《せいな》殿との相性《あいしょう》結果が出たから報告しようと思ってね」

「それはまた、ずいぶんと早いです事。私はもう暫《しばら》くかかると思っていましたが」

「他での検証データが在《あ》るから、あんた達のデータ採集さえ終われば、さほど時間はかからないのさ」

「それでいかがでしたか？」

「遺伝的に問題になりそうなファクターは、舞貴妃殿を含《ふく》めどの娘とも見当たらないし、精神的な問題も無い。ストレス抵抗《ていこう》値もかなり高いレベルで遺伝するみたいだ。もちろん後天的なモノもあるから、西南殿程のモノになるという保障は無いけど、精神面での利がずば抜けて大きいね」

「どの娘とも結構な成果が見られるようですね……素晴らしいですわ」

鷲羽から提示されたデータを、舞貴妃は嬉々《きき》として見入った。

「後は、やはり確率の偏《かたよ》りだけれど、こいつはちと予測は難しいね。ただ流石に西南殿程の特異さは無いだろうけど、その偏りをあんた達が良しとするか否《いな》か、だね」

「確率変動のチェックは可能なのですよね？」

「ああ。まっ、ここは一つの大きな家族のような集団だから、パーソナルのチェックが出来る人間が多いのは利点だね」

「『ぬるぬる君三号』のような物を使わなければ、ですけど」

「クックック。ありゃ私の趣味《しゅみ》だからね。舞九ちゃんに使った『まん丸君』を置いてくからそれを使うといい」

ちなみに舞九は舞十の双子《ふたご》の姉だ。

「だったらそっちを使って下さい！」

「ところで鷲羽様、ここに舞八を呼んだのは何故《なぜ》でしょう？」

舞貴妃は笑いを堪《こら》えつつ、涙目《なみだめ》で抗議《こうぎ》する舞八を押し留《とど》めた。

「そうそう！　前に西南殿の確率変動を起こす娘達が居るって話はしたよね？」

「……まさか舞八が？」

「現在分かっているのは、四人一組で西南殿の確率ベクトルを逆転させているって事だけど……どうやら過去に、そのオリジナルとも言えるアストラルが在ったらしいんだ。まっ、今はアストラル海に溶《と》け込んでるから、そのオリジナルがどういう者だったかは正確には分からないけれど、それらが存在した時代に何かあったんだろう」

「何か、とは？」

「分かる事と言ったら、四人の女性と一人の男性に関して、強烈《きょうれつ》な改変が行われた結果、アストラル海と三次元世界にかなりの影響《えいきょう》を及《およ》ぼした、って事かな？」

「運命的に結び付けられた、と？」

「クックック……ロマンチックな言い方をすればね」

「鷲羽様、実は私……」

と、その話に興味を示した舞八が、隠《かく》れていた舞貴妃の後ろから出て来た。

「……時折、変な夢を見るんです。表現はし辛《づら》いのですが、特定の誰《だれ》かになって、色々な経験をしているというか……」

「舞八は昔からそういう話をしていましたけれど、レセプシーという環境《かんきょう》のせいだと思っていました」

レセプシーは膨大《ぼうだい》な量の物語と接する場だ。古典からSFまでありとあらゆる演劇や映画、本やシナリオデータ等がひしめいている。舞八は生まれた瞬間《しゅんかん》からその膨大な物語の中を生きて来たのだ。

「それで鷲羽様からいただいた、地球の資料が気になってるんです。何か凄《すご》く懐《なつ》かしいような感じがして……他の色々な場所を見てきましたが、正直、ここまで気になった事はないんです」

「こういう話をされたから、特にそう思うのではありませんか？」

「現時点で分かっている、オリジナルのアストラル構成と舞八殿のアストラル構成を比べた結果、三四％が一致《いっち》しているんだ。もっと詳《くわ》しい事が分かれば、更に高くなる可能性はある」

「そちらの方面は詳しくはないのですが、その数字は多いのですか？」

「一〇％を超《こ》えた辺りから、アストラル海からメモリーフィードバックが起こり始める。

概視感とか前世とか言われているヤツだけど、舞八殿の場合、その数値がかなり高いから、オリジナルになった人格の記憶《きおく》が、ピンポイントでフィードバックしている可能性は大きい筈《はず》だよ」

「私の……運命……」

舞八は陶酔《とうすい》したような表情で呟《つぶや》く。

「ねえねえ、随分《ずいぶん》入り込んじゃってるみたいだけれど、母親としては、少しブレーキをかけてやった方がいいんじゃないのかい？」

鷲羽は舞貴妃に顔を近付けた。

「運命的に結ばれた、などと聞かされては仕方ありませんわ。それにしても……」

「それにしても？」

「……なぜ私ではなかったのでしょうか？　もし私がそうだったら、夫も子も、今の立場も棄《す》て、あの方の元に馳《は》せ参じる事でしょうに」

「そりゃ、いくら何でも……さすがに西南殿《どの》でも重過ぎるねぇ……」

呆《あき》れ顔でそう言ったが、舞貴妃も舞八も陶酔の世界に入ったまま聞いては居ない。小さな溜息《ためいき》を吐《つ》いた鷲羽は、もっと重そうな女性が西南の周りに居る事を思い出した。

「クックック……重そうっていえば、他にもアイリちゃんだの美守殿だの、瀬戸《せと》殿とかも居たっけ。なら今さら一人増えたとしても大丈夫《だいじょうぶ》か……。それに考えてみれば、西南殿には優秀《ゆうしゅう》な番犬も居るしね」

鷲羽は納得《なっとく》したように、うんうんと肯《うなず》く。

「さて……そろそろこっちに戻《もど》って来てくれないかね？　レセプシーの改修の報告もあるんだけどさ」


ようやく女官《にょかん》達も落ち着き、瀬戸は福《ふく》を連れて守蛇怪《かみだけ》ブリッジに戻って来た。すぐさま発進した守蛇怪は最初の短距離ジャンプを行い、水鏡《みかがみ》とのリンク実験を行う宙域へと、通常航行で向かっていた。

「……銀河連盟加盟国総出の幸運艦探索《かんたんさく》ですか？　それはまた随分と……」

「それだけの脅威《きょうい》になっているという事なのよ」

「とはいえ、幸運艦一艦に大袈裟《おおげさ》じゃありませんか？」

「詳しい調査の結果、幸運艦の存在がダ・ルマーギルドの確率の偏りを増幅《ぞうふく》している可能性があると分かったのよ。まだ集計途中《とちゅう》だから一般《いっぱん》には知られていないけれど、ＧＰだけの収支で言えば、前年比でトータル約三％程の被害《ひがい》が既《すで》に出ているわ」

その数字は中規模国家の年間予算に匹敵《ひってき》する。

「ゲッ!?……マジですか？」

「ええ、GPですらそうなのだから、一般企業《いっぱんきぎょう》にはもっと深刻な影響が出ているのは間違《まちが》いないわ。だから急遽《きゅうきょ》、連合会議で合同捜査《そうさ》が決定したのよ」

「クッ……あのアホのせいで」

「というか……こんな状況《じょうきょう》で天南財閥《てんなんざいばつ》は何をしてるんです？　静竜《せいりょう》先生を呼び戻すなりしないと、立場的にまずいんじゃないんですか？」

「無駄無駄《むだむだ》。あそこにそんなまともな神経は無いって」

「まあね。連絡《れんらく》は取っているが音信不通……幸運艦による被害は天南財閥が一番大きいって、自慢《じまん》していたわ」

雨音《あまね》の言葉を肯定《こうてい》するように瀬戸は苦笑《くしょう》顔で言った。静竜のせいで銀河連盟に多大な被害が出ているという事は、それだけ静竜の出向費が高くなるという事。被害が大きいと言ってもその積み荷はダ・ルマーギルドへの輸出品なので、結局、ただ単に荷物の受け渡《わた》しをしているだけなのだ。

「もっとも、裏を返せば、静竜殿がどうなろうと文句は言わない、という事でもあるのだけどね」

「……少し気の毒なような……」

「同情するだけ無駄無駄。そう簡単にくたばらないのは知ってるっしょ？　それに捕《つか》まってブタ箱に放《ほう》り込まれたって、その日数分の生活費が浮《う》いて、ラッキー……位にしか思わないわよ」

「そういう訳で、ＧＰでは既に幸運艦撃墜《げきつい》は最優先事項《じこう》となっているけれど、現在までに幸運艦を発見したという報告は無いわ。もちろん海賊《かいぞく》被害は増えているけれどね。だから守蛇怪に期待しているの」

「艦長の不運が勝つか、天南先生の幸運が勝つか……ですね」

「そういう事……？」

瀬戸は霧恋《きりこ》が急にモニターを凝視《ぎょうし》して、黙《だま》り込んだのに気付いた。

「どうかしたの？」

「……瀬戸様……艦長の勝ちみたいです」

メインモニターに映し出されたのは、超《ちょう》空間ジャンプアウト時に見られる波形だ。

「エネルギー質量比から見て幸運艦に間違いありません」

「……クックック。連盟の苦労は何なのか……って思い知らせてくれるわよね」

さすがの瀬戸もこの状況に笑うしかない。

「もっとも今回の場合、上手《うま》く外されたって感じか……」

幸運艦との遭遇《そうぐう》は無いと踏《ふ》んだ上で、水鏡は守蛇怪の亜《あ》空間に格納されている上、コントロールは守蛇怪任せだ。今さらリンクを切って水鏡を外に出すには時間がかかるし、それを敵が許すとは思えない。その数秒後、海賊艦隊を率いた幸運艦がジャンプアウトして来たのだった。

×　　×　　×

「わははは、ここで会ったが百年目！　我がお得意様に仇《あだ》なす山田西南《やまだ》め！　今日こそキッチリ引導を渡してくれるわ！」

守蛇怪への通信を開き、幸運艦ブリッジで静竜は自信満々で高笑いをした。だが静竜のご機嫌《きげん》な様子に反し、他のクルーの表情にはどこか冷ややかなものがあった。

『そっちこそさっさと降伏《こうふく》しろ！　このバカが！』

「雨音か……私は一人の人間として、お得意様を裏切る事は出来んのだ。悲しい事だが、これも運命と諦《あきら》めてくれ」

まるで敵味方に分かれた悲劇のカップル気取りだ。

『西南！　あのアホごと幸運艦を沈《しず》めちゃって！　あれをあいつの棺桶《かんおけ》にしろっ！』

「フッ……幸運艦だと？　否！　否！　否！　否だ〜〜〜っ！　いつまでもそんなコード

ネームを名乗っていると思ったら大間違いだ！」

まるで歌舞伎《かぶき》の見得《みえ》のように、派手なアクションで守蛇怪を指さした。が、その途端《とたん》に
幸運艦のクルーは急にどよめき始めた。

「お、おい、やめとけって。名前なんかいちいち名乗らなくとも……」

コマチは慌《あわ》てて立ち上がるとすがるように言った。他のクルー達も大きく肯く。

「何を言うか。戦《いくさ》の前、戦士は名乗り合うのが礼儀《れいぎ》であろう！」

「それはそうだが……」

「ハッハッハ。そうだろう、そうだろう！」

「いや、ちょっと待て！　それはそうだが、今はちょっと待て、違う違う！」

コマチは慌てて訂正《ていせい》するも、既に静竜は聞いてはいない。

「ハ～～～～ハッハッハ！　山田西南！　その耳かっぽじってよく聞くがいい！　この艦の
名を聞いて恐《おそ》れおののくがいいィ！」

「おい、通信を切れ！」

「ダメです！　コントロールは艦長席優先で！」

バリーは泣きそうな顔で叫《さけ》んだ。

「我が艦の名は！　その名も、運を呼ぶと書いて……」

「ちょっと待てっ!!」

コマチ以下、クルー全員が一斉《いっせい》に、静竜を取り押さえるべくシートから飛び出す。が、静竜はコマチ達の攻撃《こうげき》をヒラリヒラリとかわし、

「運呼《うんこ》だぁぁっ！」

そう高らかに宣言したのだった。

×　　×　　×

『運呼だぁぁっ……だぁぁ……だぁ……だぁ……』

静竜の声が木霊《こだま》する中、守蛇怪のブリッジは沈黙《ちんもく》と異様な空気が流れていた。

「………今なんて言った……あのバカ」

と、雨音は眉《まゆ》をひそめ、耳をほじりながら霧恋の方を見た。

「えっ!? い、いえあのごめんなさい、よく聞きとれなかったわ」

そう言いつつ押し付ける様にエルマを見る。

「わ、私もちょっと……」

すがるようにネージュを見るが、サッと視線を外され、次に珀蓮《はくれん》を見たが、すでに珀蓮は思考のループに入りブツブツと何やら呟いている。そして火煉《かれん》は真っ赤になって涙目《なみだめ》で震《ふる》え、玉蓮《ぎょくれん》はその火煉の陰《かげ》に隠《かく》れ、翠簾《すいれん》は意識を失って倒《たお》れ、

「ミャ！　ミャ！　ミャ！」

福は不機嫌《ふきげん》そうな表情で後足で砂をかける仕草をしていた。

「あの……」

そしてエルマは最後に、助けを求めるように瀬戸を見た。

「……この船の艦長は、西南殿よね」

そう横目で見る先には、西南が何やら懐《なつ》かしそうな目で遠くを見ていた。

「思い出すな、小学校の教室。たいてい誰《だれ》かがもって来るんだよな、小枝かなんかに刺《さ》して……。ああそう言えば、海《かい》がそういうの好きでしたよね、霧恋さん」

トラブル慣れしている西南にもちょっと手に余るのだろう、珍《めずら》しくさっさと話を霧恋に振《ふ》り、霧恋は恥《は》ずかしさに肩《かた》を震わしながら呻《うな》るように雨音を見た。

「……そう言えば雨音……貴女《あなた》、あれの幼馴染《おさななじ》みなんでしょう？」

「私が昔知ってた奴《やつ》は、宅のトトラに追いかけられ、海に落ちて行方《ゆくえ》不明になったままだけど？」

雨音にとって静竜と幼馴染みというワードは一番触《ふ》れられたくない部分だ。強引《ごういん》に記憶《きおく》改竄《かいざん》をし、それをあたかもそれが真実のように思い込もうとした。

「とにかく！　正直言って、幸運艦という名前だけでも、ふざけるなって感じなのに……

いったい何を考えているのかしらねっ!」

このままでは妙《みょう》なループが続きそうだと判断した瀬戸は、それを断《た》ち切るかのように声を上げた。もちろん瀬戸のこめかみにも青筋が浮かんでいる。

「とりあえず銀河に変な臭《にお》いをまき散らされない内に、さっさと焼却《しょうきゃく》消毒してしまいましょう!」

「賛成!」

いつも以上に全員の意見が一致《いっち》した。

×　　×　　×

「ハッハッハ!　ではこちらも全艦突撃《とつげき》だ!」

守蛇怪クルー達とは逆に、運呼のクルー達の士気は決して高くはなかったが、戦いに没《ぼっ》頭《とう》する事で恥ずかしさを忘れようとしていた。フォーメーションを組み、静竜の号令で運呼と幸運艦隊が守蛇怪へと襲《おそ》いかかる。

「守蛇怪、射程圏内《けんない》に入ります!」

「よしっ!　全艦、運呼とリンク射撃!」

前回、守蛇怪を追い詰《つ》めた幸運艦の射撃に、全艦隊が同じ所へと合わせる。守蛇怪の僅《わず》かな隙《すき》へと砲火《ほうか》が集中すれば、今度こそ守蛇怪を完全に仕留められるという訳だ。

「す、凄《すご》い！　守蛇怪への命中率、九五％を超《こ》えます！」

素早《すばや》い動きで回避《かいひ》する守蛇怪に、見事なまでに攻撃が集中している。

「守蛇怪のシールド一部消失、次弾《じだん》群命中します！」

「よし！」

だが守蛇怪の急所へと砲火が集中した次の瞬間《しゅんかん》、凄《すさ》まじいまでの集中攻撃があっさりとガードされ、霧散《むさん》したのである。

「なんだとっ!?」

「エネルギー反応値がありません！　シールドは消失している筈《はず》ですが!?」

「だが現に何か光っているぞ！　ではあれは何だというのだ!?」

「あの光……光鷹翼《こうおうよく》だ！」

コマチが叫ぶ。

「バカな!?　皇家の船などどこにも」

「守蛇怪の中だ！　あれだけの性能の船だ。内部の圧縮空間も大きい筈だ」

「おのれ山田西南！　卑怯《ひきょう》なマネを……」

「こちらは集団で襲ってますが」

「おお、それもそうか」

バリーの冷静なツッコミに、静竜はポンッと手を叩《たた》いて納得《なっとく》する。

「アホなやり取りしてないで散開しろ！　密集していたらやられるぞ！」

×　　×　　×

「……リンク、正常です」

「やっぱりね。魎皇鬼《りょうおうき》の同型艦《かん》ならば、皇家《おうけ》の樹《き》とリンクできるのは道理。……遥《よう》照殿《しょうどの》に感謝だわ」

瀬戸《せと》は独り言のように呟《つぶや》くと、スックと立ち上がる。

「防御《ぼうぎょ》は水鏡に任せ、守蛇怪は攻撃に集中！　全艦撃滅《ぜんかんげきめつ》を目的とせよ！　福ちゃん！　やっておしまい！」

「ミャッ！」

光鷹翼に守られた守蛇怪は、回避行動を行わないでよくなった分、命中精度が格段に上がった。だが……、

「攻撃が弾《はじ》かれている!?」

守蛇怪の高出力の攻撃は、海賊《かいぞく》艦のシールドを一発で消失させたが、次弾の直撃を装甲《そうこう》が弾いているのだ。

「敵艦、外装甲にＫＺＭコーティングをしています！」

「嘘《うそ》っ！　マジ？」

　ＫＺＭは炉心《ろしん》や砲身《ほうしん》内部のコーティングに使われる高価な素材だ。それを外装甲に使うなど聞いた事もない。

「相手はダ・ルマーギルドの主力艦よ。それくらいするでしょう。でもコーティングはそんなに厚くはない筈よ」

　瀬戸の言葉通り、数発、攻撃が集中した部分が剝離《はくり》をし始める。とはいえ、海賊も幸運の名を冠《かん》する艦隊だ。なかなか大破に至る船は少なく、その上、ＫＺＭをコーティングされた外壁《がいへき》の破片《はへん》が攻撃を分散させている。

「力場で破片を固定しています！」

「味なマネを〰〰っ！」

×　　　×　　　×

「艦長！　艦隊損傷率が拡大しています。このままでは後、数分で航行不能に陥《おちい》る艦が出始めます」

　だが幸運艦隊も無事という訳では無い。守蛇怪の高出力攻撃で大破はしないものの、それでも確実に防御力は削《けず》られているのだ。

「た、退却《たいきゃく》だ！　全艦退却、運呼に続け！　おのれ山田西南、一対一では負けはせぬものをっ！」

×　×　×

「敵艦隊、超《ちょう》空間ジャンプに入ります！」

「逃《に》がすか！」

「ミィィッ……」

その時、福が苦しそうな声を上げた。が、目の前に幸運艦が居るのだ。福の悲鳴を聞いても瀬戸は止まらない、いや、止める事が出来なかった。

「せめて旗艦だけでも！」

「瀬戸様！」

「クッ！」

だが西南の声に、瀬戸は興奮を抑《おさ》えようと大きく天を仰《あお》ぎ、大きく息を吸った。西南の危機察知能力は瀬戸も認めるところだ。その西南が注意を促《うなが》すのだから、さすがの瀬戸も正気に戻《もど》ったのだ。

「………そうね。これ以上、おチビちゃんに無理はさせられないわね」

「追撃《ついげき》中止！　福、もういいよ」

瀬戸の闘気が薄《うす》れたのを感じた西南は、優《やさ》しく福に話しかけた。

「フ、フミャ〜〜〜ン」

西南の言葉に安堵《あんど》した福は、崩《くず》れ落ちるようにテーブルにへたり込んだ。

「……ごめんなさいね。傷も治ってないのに水鏡の力まで制御《せいぎょ》させるのは、さすがに酷《こく》だったわ」

コントロールの負荷《ふか》が少なくなるものの、流れ込む水鏡のエネルギーは守蛇怪を通して表に発現されるのだ。息を荒《あら》げ、福の小さな身体《からだ》が大きく上下している。さすがにその姿は痛々しく、瀬戸は申し訳なさそうな表情で福を撫《な》で、福は大丈夫《だいじょうぶ》と言いたげに、その手をそっと舐《な》めた。

危険な状態の手前で戦闘《せんとう》を中止したおかげか、十分も経《た》たないうちに福は立ち上がってシッポを振り出した。

「よく頑張《がんば》ったわね。偉《えら》いわよ福ちゃん」

西南や霧恋達から褒《ほ》められるのが福にとっては一番の薬だ。みんなからタップリと撫でられた福は元気一杯《いっぱい》、あちこちを跳ね回り始めた。

「……千載一遇《せんざいいちぐう》の機会だったけれど、代わりに得たものも大きかったわ」

未《いま》だに高エネルギーのプラズマが線香《せんこう》花火のように漂《ただよ》う空間を、複雑な表情で見ていた瀬戸だったが、もともと幸運艦との遭遇《そうぐう》は計算に無かった事だ。瀬戸はすぐさま気分を切り替《か》えた。

「守蛇怪と皇家の樹のリンク……貴重な実証データがとれたわ」

それは将来の樹雷《じゅらい》防衛の要《かなめ》となる艦の為《ため》の、値《あたい》千金とも言えるデータなのだ。

ダイ・ダ・ルマーにあるドック衛星で運呼と幸運艦隊の修理が行われていた。その様子を浮《う》かない顔で見つめているのは、新人海賊達だ。

「……何であんな名前にしたんだろうな？」

新人海賊達にとって、守蛇怪にやられた事よりも、もっと深刻な悩《なや》み事は、幸運艦の正式名だった。

「艦長とダ・ルマー様の決めた事なんだから仕方ないよ」

「うちの親、これに乗れるって決まった時は、凄く喜んでくれてさ……。近所や知り合いに自慢《じまん》をしたって」

「ああ、宅もだ」

「でも、あの名前に決まった途端《とたん》……なかなか話がし難《にく》くなったって、困ったような顔で笑ってた。ご近所さんも話を振《ふ》らないようになったって……」

「俺の彼女も顔を引き攣《つ》らせてた。せめて守蛇怪に勝ててたら……」

そう言いながら新人海賊達は再び傷だらけの運呼を見上げた。

「まだこれに乗ってるって、胸が張れるんだけれどなぁ」

×　　×　　×

「ほう？　クルーの再選別を……か？」

ダ・ルマーと静竜はレセプシーの最高級のレストランで夕食を楽しんでいた。ギルドの主戦力艦でありながら、運呼の運用に関しては幹部会を通さずに静竜に一任されている為、二人っきりでの会食だ。

「ええ。余計な艦など足手まといです」

「なるほど。各艦の更《さら》なる幸運の持ち主を運呼一隻《せき》に集約すれば……」

「そうです。まさに運の山盛り、てんこ盛り状態です、社長！」

「……なるほどな。よし！　早速《さっそく》、艦隊クルーの再選考を行わせよう」

ダ・ルマーは笑《え》みを浮かべ、赤ワイン風の液体の入ったグラスを持ち上げた。

「栄光ある、運呼のために」

「運呼のために」

チンと、グラスが合わさる音が幸福の鐘《かね》のように鳴り響《ひび》いた。

×　×　×

「おや、こりゃ何の騒《さわ》ぎだい？」

鷲羽は大きなアクビをしながら朝食の用意をされた居間へとやって来た。ここは舞貴妃《まきひ》のプライベート空間だが、レセプシーのトップ女優にしては結構地味な場所で、しかもかなり年季が入っている、小さな古びた農家といった感じだ。

「ダ・ルマーの連中、今度は運動会でもやってるのかい？」

大型モニターにはレセプシーの大ホールの一つで行われている、新隊員選抜《せんばつ》大会の様子が映し出されていた。

「なんでも、運……あっ、失礼。幸運艦の乗組員の再選抜だそうで」

朝食を食べ始めた鷲羽に、舞貴妃は慌《あわ》てて運呼の名を言い直した。

「なるほど。水鏡を乗っけた守蛇怪にやられたから、人員を絞《しぼ》るつもりか」

大ホールでは大勢の海賊達がさまざまな運試《だめ》しのゲームにトライしている。池の飛び石が沈《しず》み、溺《おぼ》れている者。登ったツタが切れ、落ちて行く者。箱の中に手を入れ、何かに嚙《か》まれてる者。砂浜《すなはま》に二つ立てられたパネルに走って飛び込み、泥《どろ》まみれになっている者……。問題は、成功した者より失敗した者の表情が明るいという点だ。

「名前って重要だよねぇ」

「幸運艦に関しては、少し極端《きよくたん》ですけれど」

「クックック……時折あるのさ。考え過ぎって、やつがね。でも守蛇怪相手に運を上げ過ぎるってのも、どうなのかねぇ」

「何か問題でも？」

「海賊にとっての幸運てのは、どういう状態をいうのかって事さ」

「……ああ、なるほど。でも私としては、山田様にはご無事でいて下さる方がよろしいので、その方が都合がいいですわ」

「クスッ、貸し切りしてくれてるお客だろ？」

「レセプシーは中立ですので。それに……」

舞貴妃が視線を向けた先には、ゲームに参加してる舞八の姿が。

「一応、義理は果たしているという訳だ。でも幸運艦に乗るって事は、当然、戦闘になるんだけど、いいのかい？」

「殲滅《せんめつ》戦をする訳ではありませんし、高度ガーディアンシステムを持たせてますから、滅《めつ》多《た》な事はないでしょう。とにかく一度、山田様の戦いぶりを見たいというので」

「ＧＰなら紹介《しようかい》も出来るんだけれどね」

「万が一にも、お客様の事情を知られる訳には行きませんし、舞八から言い出した事ですから」

「確率変動の事を教えなきゃよかったかねえ？」

「鷲羽様がどうお考えかは分かりませんが、私達にとっては、命をかけるに十分な理由ですわ」

「ドラマチック……って事かい？」

「はい」

舞貴妃は満面の笑みで答えた。

5「山登りのすすめ？」

樹雷《じゅらい》の衛星軌道《きどう》上へとやって来た守蛇怪《かみだけ》は、樹雷本星の防衛衛星の装甲《そうこう》ドックで水鏡《みかがみ》の切り離《はな》しを行った。かなり深部亜《あ》空間への搭載《とうさい》であった為、切り離しには一時間近くを要した。

「幸運艦《こううんかん》と遭遇しても、これでは水鏡を切り離すのは無理な話よね」

守蛇怪の居住区から亜空間ゲートを通って出て来る水鏡を見ながら、瀬戸《せと》はため息混じりに、自身を納得《なっとく》させるように呟《つぶや》いた。さすがに千載一遇の機会を逸《いっ》した悔《くや》しさはなかなか晴れないのだ。

「ミャア、ミャア！」

西南に抱《だ》っこされている福《ふく》は、切り離される水鏡を見ながら少し寂《さび》しそうだ。

「せっかく水鏡と仲良くなったのに、ごめんなさいね」

少し恨《うら》めしそうに見る福を、瀬戸は苦笑しながら撫でた。

「でも福ちゃんにはすぐにお友達が出来るから待ってて」

「ミャア？」

「フフッ、すぐに会えるからね」

瀬戸は福の両頬《ほお》を両手でクシャクシャと少し乱暴に撫でると、

「じゃあ霧恋《きりこ》ちゃん、行きましょう」

そう言い、霧恋を伴《ともな》って転送ゲートへと向かった。

「では艦長。守蛇怪は予定通り、天樹の指定ドックへと向かいます」

霧恋の代わりにオペレーター席に居るのは珀蓮《はくれん》だ。

「お願いします」

西南《せいな》が艦長席に着くと、守蛇怪は装甲ドックを出て樹雷へと降下を始めた。

「これで二度目だけれど、相変わらず凄《すご》い絶景だな」

前回は早朝の日の出の景色だったか、今回は昼間の景色だ。太陽に照らされ、全景の見える天樹はまさに偉容《いよう》と形容するに相応《ふさわ》しい景色だ。恐《おそ》らく何度見ても飽《あ》きるという事は無いだろう。

「……はあ」

ジッと見つめる西南から思わず感嘆《かんたん》のため息が漏《も》れたが、福はそれ以上に興奮しているようだ。

「ミャア！　ミャア！」

「ん？　そう言えば福はこの景色を見るのは初めて、なのかな？」

「そうね……確か樹雷を出発した時はまだ卵の状態だったのよね。でも船としては起動状態だったから、出発の時の記録位は在《あ》るんじゃない？」

雨音《あまね》はそう言いながら確認《かくにん》するようにエルマを見た。

「船の航行記録は在りますが……映像としては無さそうですから、まあ初めてと言ってもいいんじゃないでしょうか……!?」

「ミャア!?」

と、その時、ブリッジのメインモニターに映る天樹の映像が乱れ、消えた。そして次にはブリッジの全モニターとライトが消え、真っ暗になったのだ。

「ど、どうなってるんだ!?」

「福!?　おい福、どしたんだ？」

福はぼんやりと中央のテーブルに座ったまま、呆《ほう》けているかのように一点を見つめたまま反応をしない。

「待って下さい！」

珀蓮はすぐさま手動でセーフモードを起動させた。しかし一向に回復する様子も無く、船のコントロールも利《き》かないままだ。

「コントロールは出来ませんが、船の航行と軌道は正常です……もしかしたら……」

その時、真っ暗な中にいくつもの光の筋が明滅《めいめつ》し始めた。

「これは!?」

西南には、というより皇家《おうけ》の樹《き》と接した事のある者は、その光の筋とその感覚に覚えがあった。

「皇家の樹の神経光!?」

――――オカエリナサイ。

――――オカエリ。

――――オカエリナサイ。

――――オカエリ。

「ミャア！　ミャア！　ミャア！　ミャア！　ミャア！　ミャア！　ミャア！」

福はその神経光の、まさに土砂降りの雨のような中を嬉々《きき》として跳《は》ね回り始めた。

「……そういう事ですか」

珀蓮は安堵《あんど》したかのようにシートの背もたれに寄り掛《か》かる。

「なっ、どうなって!?」

「皇家の樹達が守蛇怪……いえ、福ちゃんの樹雷帰郷を祝福しているんです」

福と神経光の土砂降りの様子を、不思議そうに見つめる西南達に、珀蓮はそう説明を始めた。

「本来は長旅などで、樹雷を長期離れていた皇家の樹が、樹雷へ帰郷した時に起こるそうなのですが、もしかして……」

「福って、魎《りょう》ちゃんが樹雷に運んで、ここから旅立ったから、なんですかね？」

「恐らくそうなのでしょう。以前、瀬戸様は皇家の樹と魎皇鬼《りょうおうき》は近い存在だと仰《おっしゃ》っていましたから、皇家の樹達にとっては親戚《しんせき》の子が帰って来たと思っているのかも……。いえ、それどころか、ここで生まれた子だとすら感じているのかもしれませんね」

あまりの歓迎《かんげい》ぶりに、珀蓮は笑いを堪《こら》えるのに必死だ。もちろんそれは西南達も同じだった。ただでさえ皇家の樹の神経光は、凄くくすぐったい。それこそじゃれつく子犬に顔を舐《な》め回される感じなのが、集団でやって来ているのだ。

「ミャア！　ミャア！　ミャア！　ミャア！　ミャア！　ミャア！　ミャア！」

嬉《うれ》しそうな福はクルーの身体《からだ》に飛び乗ったりしつつ、辺り構わず跳ね回った。

「クッ……ハハッ、アハハハハ！」

西南はついに堪えきれずに笑い出した。それをきっかけに、クルー全員がドッと笑い出したのである。皇家の樹に導かれ、守蛇怪は皇族専用の天樹上部共用領域にある大型ドックへと着停したのだった。

守蛇怪とは別行動の水鏡は天樹上部、柾木《まさき》家の領域にあるプライベート港へと向かっていた。

港に停泊《ていはく》し、水鏡から降り立った霧恋と瀬戸を出迎《でむか》えたのは、ズラリと並ぶ柾木家の上級の女官《にょかん》達と柾木家当主、船穂《ふなほ》と阿主沙《あずさ》。彼に首根っこを摑《つか》まれてジタバタしている美砂樹《みさき》、そして水穂《みなほ》だ。

上級女官達が深々と礼をする中を、霧恋は少し居心地《いごこち》悪そうに船穂達の元へと歩いて行った。彼女達は霧恋にとっては同僚《どうりょう》や上司達だ。その彼女達に恭《うやうや》しく出迎えられるのは、気恥《きは》ずかしいのだ。

「待っていましたよ、霧恋ちゃん」

「ご無沙汰《ぶさた》をしております。この度《たび》は……」

「堅苦《かたくる》しい挨拶《あいさつ》は抜《ぬ》きにしましょう。それよりも早く」

船穂はそっと霧恋の背に手をやると正面ゲートへと招いた。

「霧恋ちゃ〜〜〜ん♡」

　ゲートをくぐり、門番の闘士《とうし》の目が届かなくなったところで、ようやく阿主沙から解き放たれた美砂樹が、突進《とっしん》するように霧恋に抱《だ》き付いて来た。

「間一髪《かんいっぱつ》だな」

　阿主沙はホッとしたように溜息《ためいき》を吐《つ》いた。彼としては時限爆弾《ばくだん》でも抱《かか》えているような気分だったのだ。

　ここまで美砂樹に我慢《がまん》させた理由は、例えプライベートの港であろうとも、女官も闘士達も居る衆人環視《しゅうじんかんし》の場だからだ。美砂樹の抱き付き癖《ぐせ》は有名ではあるが、やはり立場的なモノもある。少なくとも現在は樹雷皇《じゅらいおう》、第二皇妃《こうひ》の立場である以上、それなりの威厳《いげん》は保っていて欲しいのである。まだ子供の頃《ころ》の美砂樹を知る者達が多い内はまだしも、阿主沙政権が内外に認識《にんしき》されつつある、ここ数百年以内に生まれた者達にとって、美砂樹は尊敬すべき皇妃様なのである。ましてやその者達が皇宮勤めを始め、ようやく皇族の近くに配置されるようになって来ている現在、威厳を示し、部下達に過剰《かじょう》にならない程度の緊張感《きんちょうかん》を与《あた》えるのは必要な事なのだ。

　とはいえ最後まで美砂樹に我慢をさせるのは無理だと、阿主沙も船穂も承知している。そして両親や阿主沙、侍従《じじゅう》からもさんざん小言を聞かされ、美砂樹とてそれは重々承知はしているのだ。……が、霧恋は美砂樹にとって、久々の娘《むすめ》となる存在だ。しかも霧恋は敬愛する姉の、船穂に性質のよく似た娘だから尚更《なおさら》可愛いのである。なかなか会えない阿重《あえ》霞《か》や砂沙美《さ さ み》の事もあって、美砂樹も我慢が出来なかったのだ。

「月湖《つきこ》ちゃんもね、可愛いな〜〜って思ってたのよ」

「いろいろとよくして下さったと聞いております」

「でもすぐアカデミーに行っちゃって、霧恋ちゃんが生まれて。今度はさっさとお局《つぼね》になって地球に引っ込んじゃうんだもの」

「は、はあ……申し訳ありません。いろいろと落ち着きのない人で……」

「でも良いわ。霧恋ちゃんが宅の子になってくれたんだもの。いっその事、月湖ちゃんも養女にしちゃいたいなぁ」

「……わ、私と母が姉妹《しまい》になるという事……ですか」

霧恋にとってはかなり違和《いわ》感があるものの、七百歳以上の美砂樹にとって、霧恋と月湖の年齢《ねんれい》差は姉妹程度の感覚でしかない。

「！」

転送ゲートを幾《いく》つかくぐった後、霧恋の歩みがピタリと止まった。

「どうしたの？」

G

美砂樹が不思議そうに霧恋の顔を覗《のぞ》き込む横で、船穂はすぐにその理由に気付いた。

「霧恋ちゃんにはもう、ここに入る資格があるのよ」

霧恋が躊躇《ちゅうちょ》した理由は、そこからが皇家の樹の領域とされ、皇族のお付きはおろか、皇眷族《けんぞく》とておいそれと入る事の許されない聖域だからだ。

「あっ、そっか！」

美砂樹もその意味が判ったのか、霧恋に抱き付いたまま押すように前に進む。

「みっ、美砂樹様⁉」

「進んで進んで♡」

禁忌《きんき》の場所は天樹の建物の中でも一番古い建造物だ。柿渋《かきしぶ》のような色艶《いろつや》の建材が独特な雰囲気《ふんいき》を醸《かも》し出している。この建材は現在では使う事の許されない、天樹自身から切り出した木材で、しかも防腐《ぼうふ》処理も強化処理もされていないのに、切り出した当時の状態を保ち、しかも驚《おどろ》く事に切り出したパーツ同士が本体の樹と再び一体化し、生きてさえいるのである。もともと天樹、というより樹雷はどこでも濃《こ》い緑の匂《にお》いで満ちているが、この通路には更《さら》に一層濃厚《のうこう》、というか雑味の無い濃厚さと早朝の空気のような清浄《せいじょう》感で満《み》ち溢《あふ》れていたのである。

「そろそろ着くぞ」

暫《しばら》く進み、前方に人影《ひとかげ》を見つけた阿主沙は、小さな声で注意した。美砂樹はこれが最後とばかりに、ギュッと霧恋を抱《だ》き締《し》め『娘可愛《かわい》い』成分をしっかりと補給し、それでも名残惜《なごりお》しそうに霧恋から離《はな》れた。

「やあ皆《みな》さん。お待ちしていましたよ」

皇家の樹の間のドアの前に立っていたのは天木《あまき》舟参《しゅうざん》だ。

かつて反阿主沙の急先鋒《きゅうせんぽう》として反発、柾木家や瀬戸とも対立をして来た舟参だったが、天木家の当主の座を息子《むすこ》に譲《ゆず》り、役職を辞した今では憑《つ》き物が落ちたように穏和《おんわ》となっていた。そして痩《や》せぎすだった身体はすっかりと恰幅《かっぷく》が良くなり、外見的にも好々爺《こうこうや》といった感じに変貌《へんぼう》していたのである。いかに瀬戸と対立する事が神経をすり減らすかという見本のようなモノだ。

「天木舟参様、柾木霧恋でございます。本日はわざわざご足労いただき、恐縮《きょうしゅく》でございます。此度《こたび》、樹雷皇家末席に加わる栄誉《えいよ》に与《あずか》る事となりました若輩者《じゃくはいもの》ですが、皇族としての栄誉を汚《けが》さぬよう最大限努力いたしますので、なにとぞご指導ご鞭撻《べんたつ》の程《ほど》、お願い申し上げます」

「霧恋殿《どの》の生《お》い立ちや活躍《かつやく》は前々から内密に聞かされていたからね。君のような優秀《ゆうしゅう》な若者が、樹雷皇家を支えてくれるなら願ってもない事だ」

舟参は目を細め、まるで孫でも見るような楽しげな表情で肯《うなず》いた。

「もったいないお言葉です」

「宅の息子を始め、多くの皇族に素性《すじょう》を公《おおやけ》に出来ないのは気の毒な事だが、まあ若い頃の苦労は買ってでもしろ、という言葉もある。どちらにしろ瀬戸殿に見込まれた段階で、平《へい》穏《おん》な人生は諦《あきら》めた方がいいからね、霧恋殿も守蛇怪艦長《かんちょう》殿も……ハハハハ」

「まっ、失礼な」

そう言って瀬戸はプクッと頰《ほお》を膨《ふく》らませて見せた。その和気《わき》藹々《あいあい》としたやり取りも、以前なら考えられない光景だ。

「ではお二方、そろそろ始めましょう」

「おお、そうですな。あまりゆっくりしていると、今日中に終わらない事もある故《ゆえ》……何しろ年を取ったせいか、遅《おそ》くまで起きていられなくなりましたからなぁ」

「私より全然、若いくせに。枯《か》れるにはまだ早いわよ」

「色々な重圧から解放された自由を楽しんでるんですから、しばらくはこのスタンスで行かせて貰《もら》いますよ。それより今日は、霧恋殿が主役だ。年寄り同士の軽口はこれくらいにしようではありませんか」

「そうね……では霧恋ちゃん。今回は瀬戸様、舟参殿、私、船穂の四名が立会人となります。さあドアに手を」

「よろしくお願いいたします」

霧恋は立会人の四人に向かって深々と礼をすると、緊張《きんちょう》の面持《おもも》ちで皇家《おうけ》の樹《き》の間の入り口である、巨大《きょだい》なドアに手を当てた。

ギギギギギッ……。

霧恋が軽く力を込《こ》めた瞬間《しゅんかん》、十階建てのビルにも相当する高さのドアが重々しい音を立て、開き始めた。中からは濃密《のうみつ》な桃の果実にも似た樹の香《かお》りが漂《ただよ》って来た。

「さあ、こちらへ」

舟参に先導され、霧恋達は転送ゲートの前まで進んだ。

ここから先は皇家の樹の居る場所。そこに入る許可が与えられるのは、第二世代以上の樹とパートナーになれる者だ。つまりそこから転送されれば第二世代以上、されなければ第三世代の樹が与えられるのである。樹を取得する約九割強の者達が第三世代の樹であり、第二世代の樹を得る者は稀《まれ》。第一世代に至っては樹雷皇家創世より五例しかない希有《けう》な存在だ。だから転送ゲートに立つのは、一種の儀礼《ぎれい》のようなものだ。

「さあ霧恋殿。皇家の樹の選択《せんたく》にその身を委《ゆだ》ねなさい」

舟参に言われ、霧恋はゆっくりと転送ゲートへと向かった。そしてプレートの上に立っ

た瞬間、

「おお！」

その場に居る者達全員から、どよめきが沸《わ》き起こったのである。

「素晴《すば》らしい！」

舟参は素直にこの出来事を喜んでいた。

転送ゲートから先へは当然の事ながら、第二世代以上の皇家の樹に選ばれなければ入る事は出来ない。故に、その中を見た者は滅多《めった》に居ない。そして樹選びの儀式《ぎしき》は一生に一度きり。それ以外で皇家の樹の間を見られるとしたら、立会人になる事だが、立ち会う皇族が第二世代に選ばれる事が必要だ。

実は以前、舟参の息子が第二世代の樹を得た事があったが、舟参自身、息子が第二世代の樹を得る事など無いと思っていた為《ため》、立ち会いをしなかったのだ。それは目の前で皇家の樹の間へ転送されない落胆《らくたん》を味わいたくなかった事と、その様子を他の皇族に見られる屈辱《くつじょく》に耐《た》えられなかったせいだ。

もちろんそれは舟参の勝手な思い込みでしかない。ほとんどの皇族が転送をされないのだから、その事を蔑《さげす》む者など居ない。だがその当時の舟参にはそのような精神的余裕《よゆう》が無かったのだ。それ以後、舟参は何度か立会人となったものの、今日までその機会に恵《めぐ》まれる事は無かったのである。

「では我々も参りましょう」

舟参は興奮気味に船穂と瀬戸に言った。

「はい……では皆様《みなさま》、失礼します」

瀬戸と船穂はその場に残る阿主沙と美砂樹、そして水穂に向かって一礼をした。

「ああ後で報告を聞こう」

阿主沙はにこやかに微笑《ほほえ》んだ。立会人は三人以上、上限は決められている訳ではない。だが阿主沙と美砂樹、そして水穂はこれから公務がある。霧恋の樹選びの儀式が急に決まったので、船穂と瀬戸の抜《ぬ》けた穴を埋《う》める為、どうしても時間が取れなかったのだ。

立会人の最低人数三人が転送ゲートのプレートに立ち、転送されたのを見送った後、阿主沙達は公務の場へと向かったのであった。

水穂から樹選びの儀式に時間がかかりそうだと知らされた西南達は、守蛇怪待機を解かれ、瀬戸の女官《にょかん》の案内で宿泊施設《しゅくはくしせつ》へと向かっていた。

「ミャン！　ミャン！」

福は例によって瀬戸の女官に抱っこされご機嫌《きげん》だ。もちろん抱っこしている女官はもっとご機嫌の様子で、軽くスキップ状態で進んでいる。その後ろ姿を苦笑《くしょう》しつつ西南達は付いて行く。

「それにしても第二世代以上の樹に選ばれるなんて、とても名誉《めいよ》な事ですわ」

西南達の後ろに付き従う珀蓮達は、樹選びの儀式に時間がかかると聞かされた段階で、それがどういう意味なのか気付いていた。

「確か瀬戸様の水鏡も第二世代なんでしょ？　福にコントロール出来るのかねぇ？」

「接続形態が違《ちが》いますし、水鏡とのデータもありますから、それなりの対策は在ると思います。どちらにしろ、守蛇怪は凄《すご》い船になりますよ」

「これであの汚物《おぶつ》艦を、あのバカ諸共《もろとも》……クックック」

「諸共じゃダメですよ。気持ちは分かりますけど……」

「それにしてもそんな凄い船を造ったは良いけれど、その相手が運……幸運艦じゃ盛り上がらないわねぇ。性能的には凄いんだけれど……」

「ったく、よくあんな名前を恥《は》ずかしげもなく付けられるもんだよ。いまだに頭ン中は幼《よう》稚園児《ちえんじ》レベルって事だな」

「昔っからああなんですか？」

「だから嫌《きら》いなんだよっ！」

「……ごもっとも。無邪気《むじゃき》とバカは違うものね」

女官の先導で西南達は転送ゲートに入った。

×　　×　　×

西南達が転送されて来たゲートは、先程の物とは遥《はる》かに規模の小さな物だった。数名ずつ転送され、最後にゲートから出て来たのは珀蓮達四人だった。

「ここは……神木《かみき》家の領域ですね」

珀蓮は遠景の様子を見てすぐそう言った。

「分かるんですか？」

西南は遠景の様子を見たものの、先程のドックのあった領域との区別がつかない。

「ええ、微妙《びみょう》な枝の形と建物で。特に私共は瀬戸様の女官ですし」

「さっきは柾木家の領域だったんだよな？　まあ、別にさほど不思議って訳でもないんだけど……」

少なくとも、ここが目的地である事は間違いなさそうだ。現在西南達が居る場所は、他の建物からの距離《きょり》を考えると、完全に切り離されたような場所だ。そして目の前の建物を見るに、中継《ちゅうけい》地点でも無さそうだ。

「皆様、どうぞこちらへ」

いつの間にか先導の女官は建物付近にまで行っていた。

「あっ、はい！」

立ち止まっていた西南達は、それでも興味深げに辺りを見回しながら歩き出す。

「……なんか地球の、西南の故郷って感じだな」

デザイン形状は樹雷の物だが、雨音の感想通り、どこか素朴《そぼく》な雰囲気《ふんいき》は田舎《いなか》の古民家といった感じだ。庭園も整備され、計算された配置ではなく、雑多でそのまま山野を切り取ったといった雰囲気だ。もちろん樹雷にはそんな感じの場所が多いが、強《し》いて言うなら手入れが少し雑な感じだ。ただ、珀蓮達は違う違和《いわ》感を感じているようで、辺りをキョロキョロと忙《せわ》しなく見回してる。

「あの……」

珀蓮が女官に疑問を尋《たず》ねようとした時、

「いらっしゃい、西南殿《どの》」

家屋から出て来たのは兼光《かねみつ》の妻、夕咲《ゆうざき》だ。

「あっ……」

以前、決闘《けっとう》をした時の事が思い出されたのか、西南は咄嗟《とっさ》に身構えた。

「お久しぶりでございます」

　珀蓮達四人は反射的にサッと並ぶと一礼した。休職中とはいえ、夕咲は聖衛艦隊《かんたい》の隊長である。

「付き添《そ》いご苦労様」

「付き添い？」

　珀蓮達が顔をしかめた。

「少しは変だとは思ってたんでしょう？　ここはね、私の娘《むすめ》と西南殿、二人っきりの新居として調整中なの。だから他の人達が泊《と》まる場所は無いのよ」

「では夕咲様が、ですか？」

　夕咲の娘はまだ赤子だ。まさか西南にお守《も》りをさせる訳も無く、つまりは西南以外に誰《だれ》かが泊まらねばならない事になる。

「他の娘よ。私としてはさ、常時、西南殿と一緒《いっしょ》に居られない娘にチャンスをあげたい訳なの。だからちょっと、皆様には席を外して貰いたいのよねぇ」

「ちょっ、それどういう……」

「安心して。貴女《あなた》達には特別なお持て成しを用意しているから」

　夕咲がそう言うやいなや、珀蓮や雨音達の立っている地面が光り始めた。

「転送ゲート!?」

それもトラップ型の一回使用の限定版、敵兵捕獲《ほかく》や動物を捕《と》らえる時に使う物だ。咄嗟に逃《に》げようとした雨音達だったが、時既《すで》に遅《おそ》し、彼女達は西南と女官に抱《だ》っこされた福を残し、どこかへ転送されたのだった。

「雨音さん！　みんな!?」

雨音達の消えた方へ駆《か》け寄ろうとする西南の腕《うで》を夕咲が摑《つか》む。

「護衛も付けているから大丈夫《だいじょうぶ》よ。明日《あした》にはいろいろと満喫《まんきつ》して帰って来るわ」

ニッコリと屈託《くったく》のない笑みを浮《う》かべる夕咲に、アイリや鷲羽《わしゅう》、瀬戸《せと》のような邪気《じゃき》のようなモノは感じられない。しかし夕咲の言う『満喫』の意味が、彼女と雨音達の間では差違《さい》があるのは間違いなさそうだ。『護衛』という言葉に更《さら》に引《ひ》っ掛《か》かるモノを感じるが、どこに送られたか知る術《すべ》は無いし、夕咲も話さないだろう。

福も少し心配そうだったが抱っこしている女官が、

「大丈夫。皆《みな》さんちょっとご用で出かけただけだから」

と優《やさ》しく撫《な》でると、すぐに安堵《あんど》したかのように女官にすり寄った。

（とりあえず、夕咲様の言う『満喫』が良い方向でありますように）

西南はそう心の中で願った。

「クッ！　一体ここは……」

×　　×　　×

転送されて来た雨音達は、見事な連携《れんけい》でそれぞれが別々の方向を向き、まず危険に対する視認《しにん》を行った。

彼女達が転送されて来た場所は、約二十メートル程のドーム状の屋根があるだけの建物だった。壁《かべ》はおろか床《ゆか》もただの草地で、ビロードのような、樹雷では床の絨毯《じゅうたん》代わりに使う苔《こけ》が生えている。そして火煉《かれん》が見た方向に、この場の位置と状況《じょうきょう》を教えてくれそうな人物が立っていた。

「兼光様⁉」

火煉の声に、自分が見た方向にひとまず危険な物は無いと判断した他の者達が、同時に兼光に目をやった。その次に雨音達が感じたのはちょっとした落胆だ。何しろ兼光の表情は憮然《ぶぜん》としたモノで、それは取りも直さず、兼光にとってもその状況が面白《おもしろ》くないモノ、つまりは雨音達と同じ状況でここに来た事を表しているからだ。そして兼光の傍《かたわ》らに並べてある多数のリュックにも、何やら不安を感じたのだ。

「これで揃《そろ》ったかな？」

兼光がブスッとした顔でそう言った次の瞬間《しゅんかん》、転送ゲートに新たな光が発生し、一人の女性が転送されて来た。

「何！　何！　何、ここォ〜〜〜〜!!」

一際《ひときわ》、大騒《おおさわ》ぎしているその女性は、樹雷では珍《めずら》しいワウの女性。林檎《りんご》のお付きのネーネだった。

「よりによって面倒《めんどう》なのが……でもまあ、そうなるだろうな」

状況を知る兼光は諦《あきら》めたように天を仰《あお》いだ。

×　　×　　×

「では西南様、福ちゃんをお借りして行きますね」

福を抱っこして嬉《うれ》しそうな女官の様子に、西南は出発前の瀬戸の女官達の事を思い出し、すぐさまその意図を理解した。福もその事に気付いているのか、嬉しそうにシッポを振《ふ》っている。

「夕食の頃《ころ》には、お連れしますから」

「よ、よろしくお願いします。福、良い子にしているんだよ」

「ミャア！」

「では、西南殿。こっちこっち♡」

福の返事を見届けるやいなや、女官は福を、夕咲は西南を連れてそれぞれの目的の場に向かった。

「……うわぁ、良い感じの家ですね」

少し戸惑《とまど》いつつも、家の中に入った途端《とたん》、その雰囲気にもの凄く安堵《あんど》感を覚え、西南は大きく深呼吸をするように言った。

そこは最初の印象通り、日本の古民家のようで、酷《ひど》く懐《なつ》かしい感じがする。良い具合に時代がかった古材と穏《おだ》やかな採光具合、そして畳《たたみ》より太めの植物で作られた床は靴《くつ》を脱《ぬ》いで上がった感触《かんしょく》は、畳より柔《やわ》らかな感じだ。家具や調度品もシックで一見地味だが、よくよく見れば多種多様の木材で作った組木細工の品で、更に細かで見事な組木画の仕切りや戸が、まるで古い神社仏閣のふすま絵の様に、さりげなく配置されている途轍《とてつ》もなく贅沢《ぜいたく》な家だったのだ。

そんな小さなお城とも言える家の居間に、そのお姫《ひめ》様は眠《ねむ》っていた。

「名前は魅影《みかげ》。さあ、近くに」

何やら高貴ささえ感じ、思わず立ち止まった西南の背を、そっと押すように夕咲が手を当てた。それに押し出されるように近付いたその時、眠り姫はまるで西南の気配を察したかのようにパッチリと目を開け、そして西南に視線を向けたのだった。

「……だぁ？……ああぅ！　きゃあああぅ！」

西南の顔を見たその小さなお姫様は満面の笑《え》みを西南に向け、そして紅葉《もみじ》の様な小さな手を伸《の》ばしたのである。

「えっ!?」

その歓喜《かんき》に戸惑う西南は、もしや夕咲を見たから？　と思ったが、その小さなお姫様の視線は間違《まちが》いなく西南に向けられている。

「その娘にはいつも西南殿の映像を見せているの。最近では旦那《だんな》よりも全然、嬉しそうに反応するようになったのよ」

さらっと父親の胸をえぐるような刷り込みだ。さぞや兼光は複雑な心境だろう。

(不憫《ふびん》過ぎる……)

兼光の心情を思うと、涙《なみだ》が出そうだ。

「そう言えば、兼光様はご一緒じゃないんですか？」

「アハハハ！　邪魔《じゃま》されたくないから、雨音さん達と一緒に天樹の地下よ。護衛を付けてるって言ったでしょ？」

「は？」

「それにお見合いは若い二人に任せて、後は退散するのが基本でしょう？」

夕咲はケラケラ笑いながら西南の肩《かた》にポンッと手を置いた。

「……えっ？」

×　　×　　×

「なるほど……事情は理解しました」

雨音達はその場に車座《くるまざ》になって兼光の説明を聞いていた。

「ったく夕咲のヤツ。あの娘《こ》はまだ一歳にもならないのだぞ！」

「お見合いと言うよりお守りですね」

「そりゃ西南殿がまともな、尊敬出来る男だという事は分かっている！　だがそれとこれとは別だ！…………そりゃ娘を持つ同僚《どうりょう》からは、父親が慕《した》われるのはせいぜい七歳くらいまで……十を数えれば毛嫌《けぎら》いされ始めるとは聞くけれどよ。パパとも言って貰《もら》えない内からこの仕打ちは無いんじゃないか？」

兼光は泣き出しそうな顔だ。

「あ～～……そりゃ、そうですね」

「お気の毒様です」

さすがに雨音達もかける言葉に窮《きゅう》した。

「なあ、雨音殿《どの》と父親との事は聞いているが、実際どうなのだ？　父親というのは、そんなに嫌《いや》なモノなのか？」

「へっ？　いや、それは……」

普通《ふつう》ならそんな質問に答えるつもりは無いが、さすがに兼光が気の毒だ。だが雨音と父親の関係が、そのまま一般《いっぱん》に当てはまるかどうかは分からない。

「え〜〜っと……」

雨音は困惑《こんわく》気味に周りを見た。幸いここには同年代の女性が大勢居るので、意見を求めようとしたのだ。

「そうですね……こればかりは個人差がありますから、何とも言えませんね」

「血縁《けつえん》関係にある男性への恐怖《きょうふ》とか、本能的なモノもあるといいますので、ある意味そういう反応も大人になる過程のモノだとしか……」

「娘さんがもっと大人になれば、関係が安定する事が多いので、あまり気にしないようになさるのが一番かと」

「でも構い過ぎて関係をこじらせると、修復に時間がかかりますから」

「それは言えるわよね」

そう言いつつ、全員が雨音を見た。

「確かに宅は、親父《おやじ》が粘着質《ねんちゃくしつ》で鬱陶《うっとう》しいから……ああ、もちろん母親とは良い関係ですから、そちらの意見も参考にしてくれると、もう少しすんなりと行くかも……です」

出来るだけ客観的に詳《くわ》しく、雨音は兼光に説明したが、正直、心理学者でもないのでその感情を言葉にするのは難しい。

「なるほど。参考にさせて貰うよ。……とにかくいつまでもここに居ても仕方がない、出発するとしようか……」

とりあえず愚痴《ぐち》を口にした事で気が紛《まぎ》れたのか、兼光は勢いよく立ち上がった。

「あ〰〰〰兼光様。……もう一人、問題が解決して無い娘《むすめ》が……」

「ん?……あっ」

火煉が視線を向けた先を見た兼光は、座り込んでいた時と同じ憂鬱《ゆううつ》な表情になった。

「藤堂《とうどう》のバカ……藤堂のアホ」

そこには集団から離《はな》れ、背を向けイジイジと涙目で愚痴るネーネが居たのである。

×　　×　　×

「霧恋さん……いえ、霧恋様が皇家《おうけ》の樹《き》の間に入られたのですか?」

藤堂から連絡《れんらく》を受け、林檎は読んでいた本を置き、シークレットウォールを張った。

林檎は珍しく、竜木《たつき》家の領域にある林檎の一族の住む邸宅《ていたく》に居た。竜木家は樹雷四家で一番勢力が大きく、その眷族《けんぞく》の人数も多い。林檎の兄弟姉妹《しまい》も八人居て、曽祖父《そうそふ》以前の代から甥《おい》や姪《めい》まで合わせると二百人を超《こ》える大家族だ。もちろん眷族とはいえ皇族の流れをくむ一族だけに、邸宅も巨大《きょだい》だが、さすがにその人数では林檎の部屋も姉妹二人の相部屋である。

『はい。つい先程《さきほど》、水穂様から連絡が入りました』

林檎は珍しく下位世代とはいえ皇家の船を持っているので、瀬戸の経理をしている関係上、機密保持の意味もあり、もっぱら穂野火《ほのか》の居住区を生活の場として使っているのだった。

「そうですか……それは素晴《すば》らしい出来事ですわ。第二世代以上の皇家の船の誕生は久しぶりですね」

『これで随分《ずいぶん》差を付けられましたな』

「藤堂。人の慶事《けいじ》をやっかむなど、よくない事ですよ」

『林檎様も今以上に積極的にならねば、という意味でございます。特に霧恋様とは、いろいろと因縁《いんねん》もございますし』

以前、霧恋に箱詰《はこづ》めにされて送り返された事を言っているのだ。あれは霧恋の嫉妬《しっと》故《ゆえ》の行動だ。

「西南様とはイムイムで、二人きりでお話も出来ましたし……」

『しかしいつも西南様の傍《そば》に居られる霧恋様と林檎様では、やはりハンデが大きゅうございましょう？』

「私はそれを競《きそ》うつもりは……。西南様には確率の偏《かたよ》りを補佐《ほさ》する者が大勢必要なのですよ。その者同士の不和を生むような原因を作っては、本末転倒《ほんまつてんとう》です」

『もちろん行き過ぎは問題でございます。が、しかしあまりに消極的なのも、いかがなものでございましょう……二度ある事は三度ある。林檎様のお名前通り、邪魔な時に青果物扱《あつか》いの如《ごと》く、箱詰めされて出荷される様な事態では、いざという時に西南様をお守り出来ないのではありませんか？』

「箱詰めって……気にしてる事を……」

一度目より、二度目の方が問題だ。箱詰めされた事より、それを西南に見られた事が恥《は》ずかしかった。

「大きなお世話です！　たとえ相手が瀬戸様であろうとも、二度とあのような醜態《しゅうたい》は晒《さら》しません」

『その意気でございます。今回、霧恋様が第二世代以上の樹に選ばれた事は、林檎様にも好都合。守蛇怪との同化は明日《あした》に延期されました故、樹雷滞在《たいざい》に一晩の猶予《ゆうよ》が出来たという訳です』

つまりはその間に西南と親睦《しんぼく》を深めろ、という事だ。

『幸いご同行なされた雨音様達は、夕咲様のご配慮《はいりょ》で天樹地下で接待をされておりますので、西南様お一人』

「天樹地下って、まさかあの訓練場にですか⁉」

『兼光殿とネーネもでございます』

「と、藤堂……あなた……」

にこやかな笑みを浮《う》かべる藤堂に、林檎《りんご》は唖然《あぜん》となった。

×　　×　　×

「ぐすっ……ぇあうっ……藤堂のアホ、藤堂のアンポンタン！　私だって林檎様の応援《おうえん》しているのに……邪魔なんかしないのにぃ〜〜〜〜ッ！」

（邪魔はしないだろうけど、邪魔にはなるんだろうなぁ……）

ネーネの性格では、いろいろとお節介《せっかい》を焼き過ぎて邪魔になるパターンだ。地球でその事を痛感した雨音達全員が、一斉《いっせい》に心の中で突《つ》っ込《こ》んだ。

「ネーネ。とにかく文句を言いたいのなら上に戻《もど》ってからにしましょう」

「そうですよね……そうだわ！　そうよそうよ！　おのれ藤堂〜〜〜ォ！　この恨《うら》み晴らさでおくべきかっ！　文句言ってやる！　文句言ってやる！　文句言ってやる！」

とにかくネーネは火煉の一言で元気を取り戻したようだ。

「これで出発が出来るわね。とにかく急がないと」

雨音達はすぐさま登山の準備を始めた。幸い、GPの制服、特に守蛇怪のクルーの服は緊急時《きんきゅう》のサバイバルにも対応出来る高機能品だ。防寒防熱、絶対零度《れいど》の宇宙空間から数千度の熱まで耐《た》えられるよう出来ている。もちろんある程度の対衝撃《しょうげき》、腐食《ふしょく》にも強い。このままエベレスト登山も可能である。後は他の登山用具や食料品の入ったリュックを背負うだけだ。

「……凄っ」

用意が揃《そろ》った所で外へと向かう。だが一歩敷地《しきち》内から出た雨音達は、外の光景を見て絶句した。一瞬《いっしゅん》、葉の無い天樹が上下逆さになったかと錯覚《さっかく》しそうな風景だった。

「根っこ？」

天空から細かな、といっても地球の巨木《きょぼく》の幹を遥《はる》かに超える太さの根が、無数に蜘蛛《くも》の巣のように伸びている。そこに更に無数の植物がまとわり付いているのは地上部分のも同じだが、薄明《うすあか》るい天空に浮かび上がるシルエットは、まるで稲妻《いなずま》のように折れ曲がった形で地表へと伸びていたのだ。

「こいつが樹雷の名の由来だそうだ」

兼光は唖然としたまま見上げる雨音達に言った。その声で雨音達はようやく我に戻ったが、初見ではない珀蓮達も暫《しば》し見入っていたのだから、初めて見る雨音達が度肝《どぎも》を抜《ぬ》かれるのも無理はない。

「もともと初代樹雷皇《じゅらいおう》がこの星を発見した時には、地上部分に天樹は無かったそうだ。だが地下部分は既《すで》にこの状態でな、天樹の基部は中心部を辿《たど》って発見したそうだ」

「そこに皇家の始祖が御座《おざ》した訳ですね」

「そうだ。後は子供でも良く知っている話だ」

津名魅《つなみ》は数億年程その場で眠《ねむ》っていた、と言っても彼女にとってはうたた寝《ね》程度だったそうだが、津名魅の身体《からだ》は半樹木化していたせいで巨大化していたのだ。初代樹雷皇がこの地に居を構える事となった時に、その身体を脱《ぬ》ぎ捨ててそれが天樹となったのである。だから天樹は頂神『津名魅』の身体そのものであり、無限の寿命《じゅみょう》を持つ樹なのである。

「それにしても……マジこれを登るの？」

天樹の地下は地上以上に複雑だ。長年の浸食《しんしょく》や崩落《ほうらく》で出来た空間は、そこが地下だとは思えない程に巨大だ。張り巡《めぐ》らされた根で全体像は把握《はあく》し辛《づら》いが、これから登って行く先は巨大な山脈のようだ。

「でもこれが天樹の根っこだとしたら、これだけ地下が崩落していて地上部を支えられるんですか？」

「見えているのはほんの一部だからな。最新の調査では天樹の根はマントルにまで届いているし、その一部は皇家の樹と同様に異空間に達しているそうだ」

「クッ……さすが皇家の樹の始祖。非常識にも程があるわよねぇ」

何しろこの現代においてすら、神と評されるに相応《ふさわ》しい力を持った高位次元生命体の頂点に居る者の抜け殻《がら》なのだ。非常識というより理不尽《りふじん》と言った方がいい。

「天樹の地下は、まだ分かっていない場所の方が多いが、それでもここは訓練用のルートが開拓《かいたく》されている場所だからな。手探《てさぐ》りで進まなくて良い分、ありがたいさ」

「兼光様、地上までどれ位あるんですか？」

首が痛くなりそうな位上を向き、雨音はうんざりしたように聞いた。

「ん？　そうだな、約五千ってところかな」

「……マジ？……そんな距離《きょり》、上まで何日かかるか」

「そこまで意地悪じゃないさ。途中《とちゆう》には居住区も公共のゲートもある。そこまでたどり着ければゴールしたようなものだ。まあ生体強化されている者なら一日もあれば着けるだろうさ」

「それでも一日がかりッスか……」

「わっ、私はどうなるのよ!?　生体強化もしてないし、子供の身体なのよ！」

「もちろん俺が背負って行きますよ、巫女殿《みこ》。その為《ため》もあって、俺はここに落とされたんですからね」

「あっ、一人だけ楽して……何かずるいぞ」

「みんなと同じにしても良いけれど、その分到着《とうちゃく》は遅《おそ》くなるけど、いい？」

「巫女殿の体力で通れるルートとなると、一週間はかかるぞ」

「急ぎましょう、雨音さん。ここでマゴマゴしてると、上で何が起こるか分からないんですから」

珀蓮がたたみ掛《か》ける。

「クソッ！　上に戻ったら、奥さん引っぱたいていいっすか？」

「まあ、仕方ないだろうな」

兼光はあっさりと肯《うなず》いた。

「おっし！　じゃあ行くぞ！」

「待ってなさいよ藤堂！」

人間、何か目標があるとがんばれるモノだ。気勢を上げた、主に雨音とネーネを先頭にして、意気揚々《いきようよう》と庵《いおり》を出発したのだった。

×　　×　　×

「霧恋様達の居ない隙《すき》を突けという事ですか？　しかしそれはあまりに……」

動き始めた雨音達とは違《ちが》い、林檎はまだ渋《しぶ》っていた。

『林檎様の意に沿わぬ事は重々承知しております。お叱《しか》りは覚悟《かくご》の上ですが、それよりも今頃《いまごろ》、西南様は少々厄介《やっかい》な事態に陥《おちい》っているとの情報が入っております』

「ど、どういう事です⁉」

『事は急を要しますし、それはご自身の目で確認《かくにん》されてはいかがでしょう。ゲートキーは林檎様のパーソナルで開くようになっております』

「あっ、後でこの件について話があります。いいですね藤堂！」

林檎は藤堂を睨《にら》み付け、林檎はシークレットウォールを解除した。

「姉様、お出かけですか？」

林檎と一緒《いっしょ》に本を読んでいた妹の立木《たつき》苺《いちご》が少し悲しげに顔を上げた。数週間ぶりに顔を合わせ、勉強を見て貰《もら》っていたのだ。

「ごめんなさいね。急用なの」

「姉様は瀬戸様にお仕えしているのですから仕方ありませんわ」

「そろそろ下の娘《こ》達に部屋を譲《ゆず》ってあげる頃《ころ》かしらね」

幼い子達はもっと大勢が一つの部屋を使い、部屋が開けば年齢《ねんれい》順に移動するのだ。

「……寂《さび》しくなりますが、仕方ありませんね。私の方からお母様にお話をしておきますから、姉様はどうぞお仕事の方へ」

「ありがとう苺。話が決まったら教えてちょうだいね。じゃあ行ってきます」

「お気をつけて姉様」

林檎は深々と礼をして見送る苺を後に、足早に部屋を出て行った。

6 「子は鎹《かすがい》？」

「素晴《すば》らしい」

皇家《おうけ》の樹《き》の間に入った舟参《しゅうざん》はその光景に感激したように立ちすくんだ。巨大《きょだい》な中空となった天樹の幹の内側、それは母の胎内《たいない》のような場所だ。そして至る所に皇家の樹のブリッジにあるユニットに似た、皿状の鉢《はち》に皇家の樹が植わり浮遊《ふゆう》している。その配置も樹の大きさも鉢の形状もバラバラで、細い通路で繋《つな》がっている場所もあれば、単独で浮いているモノもある。

遥か上空のどこからか、優《やさ》しい陽光が降り注ぎ、雑多な植物の密集した匂《にお》いとは違い、もっと穏《おだ》やかな緑の香《かお》りに皇家の木の果実の匂いが微《かす》かに漂《ただよ》っている。そして何と言ってもそこに在《あ》るのは全《すべ》てが第二世代の樹なのである。

「ふう」

その光景に感動している舟参とは違い、霧恋《きりこ》はもの凄《すご》く緊張《きんちょう》し、深呼吸を繰《く》り返していた。何しろそこは樹雷《じゅらい》の実質的な支配者である皇家の樹の御座す場所。いわば玉座とも言える場所なのだ。

「さあ、ご挨拶《あいさつ》を」

船穂《ふなほ》は霧恋を落ち着かせるように両肩《りょうかた》に手をやった。

「は、はい」

樹選びの儀式《ぎしき》は一つ一つの樹の前で立ち止まって挨拶をする。そしてその樹が挨拶を返してくれれば、パートナーとなる。挨拶がなければ次の樹に向かう。そして最後の樹の所に行っても挨拶が無ければ、次のゾーンへ——第一世代か、船穂と美砂樹《みさき》の樹のような特殊《とくしゅ》な樹達のゾーンへと向かうのだ。

「初めまして。柾木《まさき》霧恋と申します」

霧恋は姿勢を正し、最初の樹に一礼をしたのであった。

「失礼します！　西南《せいな》様は……!?」

夕咲《ゆうざき》の娘の新居に、林檎《りんご》は血相を変え飛び込むように入って行った。そして林檎が見たものは、赤ん坊《ぼう》を抱《だ》っこしている西南の姿だった。

「林檎様!?」

「…………………………」

とても緊急時《きんきゅう》とも思えない、ほのぼのとした様子に、林檎は戸惑を隠《かく》せない。

(とっ藤堂《とうどう》〜〜〜っ!)

キョトンとした西南の表情に、自分が場違いな所に無礼にも乱入してしまった、そう思った林檎の顔は恥《は》ずかしさで真っ赤だ。それこそ、この場で自害して果てようかと思う位である。しかし……。

「ああ、林檎様!……来て下さって助かりました」

西南は安堵《あんど》でその場にへたり込んだ。

「は?……あの、一体何が?」

「実は、夕咲様にこの子のお守《も》りを頼《たの》まれたというか……押し付けられちゃって。でもほら、俺って確率の偏《かたよ》りがあるから……」

「あっ!」

状況《じょうきょう》を察した林檎は血相を変えた。西南が確率の偏りを補正する者が居ない状態で、しかもたった一人で小さい子を面倒《めんどう》見るなど危険極《きわ》まりない。確かに藤堂の言う通り、緊急事態である。

「NBも居ないから、誰《だれ》とも連絡《れんらく》が取れないし、連れて歩く訳にも行かないし」

移動距離が災厄《さいやく》を引き寄せる要因となる以上、下手に動けないし、赤ん坊を一人っきりにも出来ない。

「まずいって言ったんですけれど、大丈夫《だいじょうぶ》だから明日《あした》までお願いって……。夕咲様だって俺の事は知ってるのに。……とにかくおしめを換《か》えた後、万が一何かあったらいけないから、動けなかったんですよ」

「他に誰も居ないのですか？　緊急時の連絡は？」

「外への連絡が出来ないんです。ただ、夕方には女官《にょかん》さんが福《ふく》を連れて来てくれるそうですから、その時まで何とかって思ってたんですけれど……」

「そうでしたか……」

「あっ、でも林檎様は何故《なぜ》ここに？」

「えっ!?　それはその……」

さすがにここに来た理由は言えない。返答に困っている時、

「だう、あう〜〜〜っ」

西南が自分から意識を逸《そ》らした事が気に入らなかったのか、魅影《みかげ》はちょっと不機嫌《ふきげん》そうに西南の頬《ほお》をグイッと引っ張った。

「ああ、ごめんね」

西南はすぐに魅影をあやし始めた。

「とにかく来て下さって、助かりました」

（……後何年、十何年後には、こういう姿が）

魅影をあやす姿を見ながら、林檎はふと未来の姿を思い描《えが》き始めた。特にこの場所は身分の高い者達が、新婚《しんこん》の時に二人っきりになる為に使うような家だ。お付きの者達を遠ざけ、家事を自身で行い、時には庭に食材用の小さな菜園を作ったりする。一般人《いっぱん》が普通《ふつう》に行う生活をする為の箱庭の家なのだ。そして子供が生まれた後も、情操教育を兼《か》ねて暫《しばら》くそこで生活する者達も多い。

「あの……夕咲様は、他に何か仰《おつしや》っていませんでしたか？　魅影様を預ける理由のようなものとかですが」

「そういえば……見合いだとか、常時、俺と一緒に居られない娘にチャンスをあげたいとか仰ってましたけど……」

「だうっ！」

「ああ。ごめんね」

（なるほど……何が何でも魅影様を西南様に。そして明日まで帰って来るつもりはないという事ですか……。無茶過ぎますよ夕咲様！）

夕咲の性格ならば、たとえ何があろうとも帰っては来ないだろう。と、いうより夕咲の中では林檎が居る事が確定なのだ。そして藤堂もそれに荷担《かたん》している。西南が動けないのであれば林檎が魅影を連れ、夕咲かその部下の元に連れて行く事も選択肢《せんたくし》の一つではあるが、夕咲達がこのお膳立《ぜんだ》てを台無しにするのを良しとする訳が無い。

（……ああ、やはり）

念のために転送ゲートへアクセスしようとしたが、外への転送はシャットアウトされている。つまりここに閉じ込められているのだ。

（確か私も西南様の確率補正をすると聞きましたから、少しはマシでしょう。それに夕方には夕咲様の女官がいらっしゃるので、何とかならないものか交渉《こうしょう》しましょう）

ベストはこの計画を白紙にするよう夕咲に頼んでくれる事だが、最悪でも魅影のお世話手伝いとして女官にここに留《とど》まって貰えば、それが第三者の目として、西南も林檎自身も冷静でいられる、そう考えたのだ。

「分かりました。ではとりあえず夕方までお手伝いいたします」

そうと決まれば、林檎も赤ちゃんに興味がある。

「西南様、私にも抱っこさせていただけませんか？」

「ええ、お願いします」

と、西南が魅影を林檎に渡《わた》そうとした時、彼女は顔を歪《ゆが》め、泣き始めた。

「あらら、ごめんなさいね。やはり西南様の方が良いの？」

少し悲しげな林檎だったが、その時、小さな鈴《すず》の音と共にミルクのマークをしたモニターが魅影の前に起動した。

「あっ、お腹《なか》が空《す》いたんですね。俺が取ってきますから少しの間、お願いします」

西南は赤ん坊を預けると、急いで台所へ向かった。林檎が泣いている赤ちゃんをあやし始めてすぐに、西南はほ乳瓶《にゅうびん》を持って帰って来た。

「はい、お待たせ」

「あう」

魅影は哺乳瓶《ほにゅうびん》をくわえると、息をするのも忘れたかのように、怒濤《どとう》の勢いで飲み始めたのだ。それはまるで砂漠《さばく》で遭難《そうなん》し、ようやくオアシスに辿《たど》り着いて水を飲む時のような勢いだ。

「赤ちゃんの様子をスキャンして状態を知らせてくれるのはありがたいですね」

ミルク、排便《はいべん》、病気等の異常を常時監視《かんし》するセンサーがあるので、経験のない西南でもその点は安心だ。西南はミルクを飲む魅影の姿に安堵し、次に哺乳瓶に興味が湧《わ》いた。

「そういえば宇宙の、赤ちゃんの哺乳瓶を見たのは初めてですけど、意外と地球の物と形はそんなに変わらないんですね」

「人の形や機能が同じなら、形状はそれ程差違《ほどさい》はありませんから。逆に私には地球の哺乳瓶がどういう物かは知りませんが、技術的な違《ちが》いがあるとすれば、ミルクの成分と、赤ちゃんがくわえる部分でしょうね」

「ＮＢが居れば、いろいろと蘊蓄《うんちく》を聞かせてくれるんだろうけど……」

そうこうしている内、赤ちゃんは結構な量をあっという間に飲み干し、

「あ〜〜〜、ゲフッ！」

と、結構大きなゲップをしたのだ。その豪快《ごうかい》さは間違いなく夕咲と兼光《かねみつ》の娘《むすめ》だと思わせる姿だ。

「プッ！」

お互《たが》い顔を見合わせた西南と林檎は、同時に笑い始めた。その雰囲気《ふんいき》が楽しいのか、魅影もご機嫌《きげん》で手を振《ふ》りながらキャッキャと喜んでいる。そして抱っこしている林檎にも興味が湧いたのか、林檎の顔をジッと見上げた。

「だぁ、あ〜〜う」

「クスッ。貴女《あなた》様にお会いするのは二度目なのですが、たぶん覚えてらっしゃらないのでしょうねぇ」

「俺、哺乳瓶を戻《もど》してきます」

微笑《ほほえ》ましいその雰囲気を壊《こわ》さないよう、西南はそっとその場を離《はな》れた。

台所にやって来た西南は、哺乳瓶を専用の洗浄口《せんじょう》へと入れようとして、ふと哺乳口に目をやった。外観は地球製と変わらないが、薄皮《うすかわ》状の物では無く、透明《とうめい》な耳たぶのような柔《やわ》らかさをした、中の詰《つ》まった哺乳瓶状の固まりなのだ。授乳《じゅにゅう》する人間が持ち易《やす》いよう手に持つ部分は堅《かた》い物で覆《おお》われてはいるが、吸い付くような感触《かんしょく》で、手が濡《ぬ》れていようと滑《すべ》らないようになっている。

「この中にミルクが入っていたんだよな?」

中はよく目を凝《こ》らして見ると透明のスポンジのような物が詰まっている。

「ん~~~~~……あっ⁉」

授乳口の感触が心地《ここち》良く、つい何度も突《つつ》いていたその時、その柔らかさが何を基準にして作られているかに思い至った西南は、慌《あわ》てて哺乳瓶を洗浄口に押し込み、辺りを見回した。そして誰も見ていないのを確認すると、ホッと胸を撫《な》で下ろした。そして何事も無かったかのように、居間へと戻って行く。

「…………!」

それでも先程の醜態《しゅうたい》を見られていないか不安だった西南は、そっと柱の陰《かげ》から林檎の様

子を窺《うかが》った。そしてそこで見た光景に心奪《うば》われたのである。

お腹一杯《いっぱい》になった魅影は、林檎に抱《いだ》かれてスヤスヤと眠《ねむ》りについていた。そして林檎はその寝顔《ねがお》を愛《いと》おしげに見つめている。月並みではあるが、女性のこういう光景は神聖で美しく、胸に来るものがある。イムイムで感じたのとはまた違う魅力《みりょく》だ。と同時に先程の哺乳瓶をいじっていた自分の行動に、何やら言いようのない罪悪感を覚え、西南は耳まで真っ赤になってしまった。

(落ち着け、落ち着け)

西南は林檎に気付かれないよう、深呼吸をして動揺《どうよう》を抑《おさ》えた。そして何事も無かったかのように居間へと入って行った。

「寝ちゃったみたいですね」

「可愛《かわい》らしいですわ……」

林檎はそう言うとチラッと西南の方を見、

「未来のお嫁《よめ》さんの寝顔を見る気分はいかがですか？」

少しからかうように言った。

「あっ、あの……樹雷《じゅらい》って、結婚《けっこん》を親が決めるってしきたりでもあるんでしょうか？」

「時と場合、立場によっても違いますよ。そこは地球とさほど差違はありません。でも夕咲様がそうお決めになられたのなら、まず間違いなくこの子は西南様を伴侶《はんりょ》として選ぶでしょう。もちろん西南様がお嫌《いや》なのであれば、断る事も可能ですが……説得は難しいかと思いますよ」

「えっ!? でも、しかし……」

その時、西南は夕咲の言葉を思い出していた。

――まあ、末席にでも置いてやってちょうだい。

「……そう言えば、末席にでも置いてやってって、どういう意味だろ？」

「ああ、そういう事でしたら、説得は不可能ですね」

「はっ？」

「どなたかから、既《すで》にお聞きになったかもしれませんが、樹雷やアカデミー上層部では、西南様の公私を支える女性を複数名付ける相談がされています。というか、ほぼ決定事項《じこう》になっているようです」

「こっ、公……私？」

「つまりご結婚相手の事です」

「……複数名？」

西南自身、バカな問答をしていると自覚はあるが、それでもそれを理解し納得《なっとく》するには情報が足りないのだ。

「西南様の故郷では一夫一婦が法律で決められていますから、なかなか受け入れるのが難しいのは分かりますが、そのお相手一人に、西南様の確率の偏《かたよ》りに関する問題を背負わせるのは危険だと考えているのです」

「あっ！」

西南はその一言で全《すべ》てを理解した。両親が、特に母親が西南の事で悩《なや》み、心が潰《つぶ》れかけていたのを考えれば、それと同じ事を結婚相手にさせるのは酷《こく》というモノだ。もし子供が生まれ、西南の確率の偏りが遺伝したらなおの事である。

「そ、そうですね……」

自分の将来について前向きに考え始めていただけに、この事実は結構ショックだ。もっとも西南の人生はこの前進と後退の連続だ。ただ以前より後ろ向きでない証拠《しょうこ》として、すぐに一生結婚はしないという選択肢が脳裏《のうり》に浮《う》かばない所だ。

「もっともご結婚に関しては、まだ先の話なので、ゆっくりとお考えになるのがよろしいかと思いますが、そういう事情もありますから、夕咲様がお考えを撤回《てっかい》する事は無いでしょうね」

「末席の意味は理解しましたが……」

　さすがにこんな赤ちゃんに過酷《かこく》な将来を押し付けるのは問題だ。

「あら、でも魅影様のおしめを替《か》えられたのでしょう？」

「えっ？　それは、頼《たの》まれましたし……？」

「樹雷の女性は夫となるお方以外に肌《はだ》を晒《さら》す事はありません。ですからおしめを替えられたという事は、一番大事な……」

　林檎は頬《ほお》を赤らめて視線を逸《そ》らした。

「はぁ⁉　でも！　だけど赤ちゃんですよ？　それに替えてくれと頼まれたし、そのままという訳にも行かないし……だから……」

「有り体《てい》に申し上げると、夕咲様の計略に嵌《は》められた、という事ですね」

「えええええええええっ⁉」

「…………プフッ！」

　困惑《こんわく》顔でオロオロする西南を見て、林檎は堪《こら》えきれずに吹《ふ》き出した。そしてなおも笑いを堪えようとする様子に、西南はすぐさま自分がからかわれたのだと気付いた。

「……もしかして俺をからかったんですか？」

「す、すみません。いけないとは思ったのですが……つい」

　林檎は大きく息を整え、平静を取り戻そうとしたが、それでも西南の顔を見た途端《とたん》、再び笑いを堪え始めた。どうやら林檎のツボにはまったようだ。

いつも冷静で物静かな、年齢《ねんれい》以上に大人な雰囲気の林檎が見せた、年相応の女の子らしい様子に、最初は少しむくれていた西南も、いつしか苦笑顔へと変わって行った。

「実はおしめ替えを理由に、皇族が無理矢理自分の娘を見込んだ相手に嫁《とつ》がせようとしたのは、昔、実際にあったお話なんです。もちろん現在では、みんな知っている話ですし、引《ひ》っ掛《か》かる人はいませんから、冗談《じょうだん》の定番なのですが……」

「俺は知らないから、引っ掛かっちゃったという訳ですか」

「すみません。ここまでピッタリの条件が揃《そろ》っている事は滅多《めった》にないので、我慢《がまん》出来ませんでした」

まだ赤ちゃんを許嫁《いいなずけ》にされようとしている者が居て、しかもその者が、冗談の定番にもなる程の話を知らない条件など滅多に無い。その状況《じょうきょう》が目の前に在《あ》っては、林檎でなくても引っ掛けてみたいと思うのも当然だろう。

「でもすぐさまネタバレをする辺りは、林檎様らしいというか……」

「それも我慢出来ませんでした」

恥《は》ずかしそうにする林檎の仕草が可愛らしい。これが瀬戸《せと》やアイリだと、もっと悪辣《あくらつ》な冗談にして、延々と引っ張って楽しむに決まっている。そう考えれば、林檎の悪戯《いたずら》など可愛らしいものだ。

「とはいえ、今から将来を決められるのは……」

「やはりご迷惑《めいわく》なのでしょうか？」

「いやいや！　俺の場合は結婚なんて選択肢《せんたくし》自体が贅沢《ぜいたく》で、文句なんか無いんですが、この子はそういったしがらみに縛《しば》られない、もっと自由な未来があると思うんです」

「確かに魅影様が物心ついて、大人になってみないと断言は出来ませんが、この子にとって……いえ、樹雷の人間にとって、偉大《いだい》な英雄《えいゆう》の妻になる事は名誉《めいよ》であり、嬉《うれ》しい事ですから」

「えっ？」

西南は心底驚《おどろ》いた風に、そして信じられないといった表情で自分を指さした。

「もちろんですよ」

「でも俺は、英雄なんてそんなモノには……さすがに……無理です」

「クスッ。西南様の現在を言っているのですよ。西南様は樹雷にとって、もう既に英雄的な存在なんです」

「そんな！……だとしても、たまたま巻き込まれた事を解決しただけですし、それだって俺一人の力で解決した訳じゃ……」

「西南様が能動的に行動して得た結果ではない事は重々承知していますが、それでも色々な障害を乗り越《こ》えていらした事は事実です。積み重ねの結果をどう判断するかは、西南様ご自身では無く他者です。そして世間は西南様を英雄と判断しました」

「世間が……ですか？」

「西南様が最初に宇宙の上がった時の事件は、樹雷が国の威信《いしん》を賭《か》け、財政を揺《ゆ》るがしかねないと分かった上で決行されようとした大規模な海賊討伐《かいぞくとうばつ》でした。しかし西南様のおかげで、出費は予想の十分の一で討伐《とうばつ》数は予想数値を遥《はる》かに上回るものでした」

特に林檎は瀬戸の財政を預かる者として、その支出が樹雷財政にどれだけの影響《えいきょう》を及《およ》ぼすか、痛い程知っているので尚更《なおさら》である。そしてその時の事を思い出したのか、感極《きわ》まって目尻《めじり》に涙《なみだ》が浮かんだ。

「そして皇家《おうけ》の樹《き》の種……。我々の大事な大事な友人を護って下さった事は、樹雷の者達にとっては感謝し切れない程、大きな……まさに偉業《いぎょう》なのです」

「それだって、俺一人がやった事じゃ……」

「もちろんその他の方々もちゃんとした評価を与《あた》えられます。しかしこれまでの流れを分《ぶん》析《せき》すれば、西南様の存在が事件解決の第一理由だという事は周知の事実ですし、何より守《かみ》蛇《だ》怪《け》一号機の艦長《かんちょう》は西南様です。とにかくご自身がどう評価されようとも、これは変わらぬ事実なのです」

林檎は西南に相対し、キッパリとそう言った。

「そ……そうですか」

さすがに目尻に涙を浮かべながらそう断言されると、これ以上の謙遜《けんそん》は逆に相手に失礼だ。西南は樹雷での評価を受け入れる事に決め、せめてその評価を落とさないよう努力をしようと心に誓《ちか》ったのである。

「複数の女性を公私にわたって受け入れるか否《いな》かは、最終的には西南様がお決めになる事ですから、どうぞ時間をかけて熟考なさって下さい。私個人としては……」

林檎はそこで口籠《くちご》もった。それはその決断があまりにも極論に成り得るからだ。

西南の影響力はこの世界にとってあまりにも大きくなり過ぎた。もう国家元首並の公人なのである。プライバシーを護《まも》ろうとするならば、西南個人で自身を守り、世界への影響を自身でコントロールしなければならないが、そんな力を持つ個人など存在しない。結局は国レベルの庇護《ひご》か、同レベルの防衛組織を持つ必要があり、その時点で西南のプライバシーは無くなるのである。

現に西南は二十四時間態勢で、行動を把握《はあく》され護衛が秘密裏《ひみつり》に付けられている。林檎と夕咲の娘《むすめ》と三人、隔離《かくり》されたプライベートの場ですら、遠巻きに監視《かんし》され、緊急《きんきゅう》事態には数十人の護衛が数秒で駆《か》けつける手筈《てはず》となっているのだ。あくまで直接見られていないだけ、なのである。もし以前の、地球にいた頃《ころ》のレベルのプライバシーを欲《ほっ》するのなら、今ある全てを棄《す》て、この世界から隔絶《かくぜつ》された場所に引き籠もるか世界を敵に回すしか無い。今の状態のまま宇宙に居たいのなら、監視される事を受け入れるしかないのだ。

「……それでも」

西南の顔を見つめながら、林檎は堪えきれず、

「私個人としては……受け入れて下さると嬉しいです」

西南の将来を強制する言葉を告げたのだった。

恥ずかしそうに、それでも西南の目をしっかりと見据《みす》える真摯《しんし》な林檎に、西南は目を逸らす事が出来なかった。その無垢《むく》さから目を逸らす事に罪悪感を覚えたからだ。

「……ゆっくり、考えてみます」

「はい」

その瞬間《しゅんかん》、二人は吸い寄せられるように互《たが》いの目を見つめたまま無言となった。俗《ぞく》に言う『天使が通った』状態だ。まるで二人の時間が止まったようですらある。

「あ〜〜〜うぅ、あ〜〜〜〜い！」

二人の沈黙《ちんもく》を破ったのは、もう一人の天使だった。西南の方に顔を向けた魅影は、西南

を招くように手を動かしている。

「あれ？　もう起きちゃったの？」

「だぁぃ」

西南が魅影の手を取ると、彼女は嬉しそうにキャッキャと笑った。

「それにしても物怖《ものお》じしない子ですよねぇ。お母さんやお父さんもいないのに、泣きもしないなんて」

「西南様がいらっしゃるからでしょう。それに夕咲様も兼光様もいろいろとお忙《いそが》しい方ですから、他の人に面倒《めんどう》を見られるのに慣らしてあるんです」

「ああ、なるほど。それはそうですね」

「魅影様も目を覚ました事ですし、家の周りを散歩しませんか？　神木《かみき》の領域は早くに日が暮れますので、特に変化が激しくて綺麗《きれい》ですよ」

「領域によって早い遅《おそ》いが……あっ、そっか」

天地《てんち》の家のある場所は山間《やまあい》だ。そして柾木《まさき》神社のある斜面《しゃめん》は北向きで、平地よりも早く太陽が山の影となって暗くなるのだ。小さな山間ですらそうなのに、天樹はもっと広大な樹木なのだ。皇家の領域は天樹の最上部区画に在るとはいえ、それでも天頂部と標高差は二キロ程あるのだ。

「四皇家の領域は、それぞれに一日の景色が違《ちが》います。神木家区画は日が暮れるのが早い代わりに、朝は一番に太陽が当たりますよ」

「じゃあ行きましょう」

樹雷の自然景観は圧倒《あっとう》的だ。特に天樹を含《ふく》む自然の巨木《きょぼく》の景色は、宇宙でも希有《けう》な存在なのだ。実際に縁側《えんがわ》から見える景色でさえ、一日中、眺《なが》めていても飽《あ》きない名画のような風景だ。

念のため魅影は林檎が帯を使って抱《だ》っこをし、西南は魅影の視線が届く位置に立ちつつ外へと向かった。


西南と隔離され、守蛇怪に置いて行かれたNBは、守蛇怪の亜《あ》空間にある西南専用の居住区に居た。

「ん〰〰〰っ!」

滅多になれないキルシェの姿となったNB、いや、キルシェは四つのエリアの中の春に設定された区域、通称《つうしょう》『春の間』に居た。

「うん良い感じだわ」

目の前の景色を眺めながらキルシェは呟《つぶや》く。彼女が居る場所は山中の小さな谷間だ。ところなしか天地の家のある場所にも似ているが、それよりもっとこぢんまりとした箱庭のような場所だ。それでも小川やそれに繋《つな》がる池もある、それこそおとぎ話にでも出て来そうなのどかな場所である。キルシェは南側を向いた斜面に、家を建てる為《ため》の造成を行っていた。地盤《じばん》調査を行い、しっかりした場所を選び、木々を切り、石垣《いしがき》を組んで土を盛り平地を造る。その石垣に座って景色を見つつ物思いに耽《ふけ》っていた。

×　　×　　×

イムイムでの休暇《きゅうか》が終わり帰途《きと》についたその日、キルシェの家に鷲羽《わしゅう》がやって来た。

「楽しかったようだね？」

「おかげさまで……とても楽しかったです」

鷲羽に冷やした麦茶を出し、キルシェは紅潮した顔で微笑《ほほえ》んだ。ここの西南は既《すで》に眠りにつき、外の景色も元《もと》に戻されていた。

「それで今日は何のご用でしょう？」

ソファーの向かいに座り、キルシェは大きく深呼吸をした。鷲羽がわざわざ来たからには、何か特別な事が起こった可能性があるからだ。しかし、

「ああ、私が来たからって緊張《きんちょう》しなくてもいいさ。アイリ殿《どの》が休暇を貰《もら》えなくてふて腐《くさ》れ

ているから、私が代理で来たのさ」

鷲羽は砕《くだ》けた調子でそう言った。

「ああ。そうでしたか」

キルシェは小さく安堵《あんど》の息を吐《は》くと緊張を解いた。とはいえ目の前にいるのは伝説の哲《てつ》学士《がく》だ。それでも背筋はぴんと伸《の》び、姿勢は一ミリたりとも崩《くず》さない。

「……でも、おかげさまで楽しめました」

「クックック。そりゃあ何より……それで話というのは西南殿の事なんだけれど……」

西南が眠っている部屋を親指で軽く指差す。

「西南さんに何か問題でも？」

「悪い話じゃないよ。落ち着いて」

「す、すみません。でも……」

この生活は永遠不変のものでは無い。いつかは解消しなくてはならないものなのだ。

「もともとここに西南殿の深層意識を固定したのは、精神治療《ちりよう》調整の為だっただろ？」

鷲羽の言葉に、キルシェは大きく肯《うなず》いた。

「そしてそれは西南殿に良い結果をもたらしている。期待通りに精神は安定し、大きなトラウマも解消する程に成長もしている。だからもう少し様子を見て、意識の統合をしようかと思っているのさ」

「そうですか！　それは何よりです……」

キルシェは喜びの中に少し複雑な心情の混じった表情をした。それはこの仮想世界から西南が居なくなる事だからだ。

「そこでだ。キルシェ殿もそれを機会にＮＢじゃない、生体身《せいたいしん》を持たせようって話になっているんだ」

「えっ!?」

「キルシェ殿の親父《おやじ》さんとの問題がまだ解決してないから、表に出る時にはＮＢを使う事になるだろうけど、生体設計はほぼ完了《かんりょう》しているし、アストラル海とのリンク固定も問題は無さそうだ」

「ほ、本当ですか……ありがとうございます」

「お礼はアイリ殿に言ってやるんだね。私ゃ追検証をしているだけだからさ」

「はい。はい……」

涙を拭《ぬぐ》いながらキルシェは何度も肯いた。鷲羽はキルシェが落ち着くのを待って再び話し始める。

「……身体《からだ》を持ったら、まず必要になるのが、キルシェ殿の住む所と生活必需品《ひつじゅひん》だ」

「それは!……お恥《は》ずかしい話ですが、あまり深く考えてはいませんでした」

「まあプログラム体では、なかなか現実味が無い話だからね。でもそうなると必要なのはお金って事になるけれど……キルシェ殿がテレビに出て居た時のギャラはどういう分配だったんだい? アストラルを持つ以上、人権が認められているから、ゼロって事は無かったんだろう?」

「私が貯《た》めていた分は失踪《しっそう》時の賠償《ばいしょう》金に充《あ》てました」

「つまりキルシェ殿は現在、一文無しって事?」

「いえ、アイリ様からお給金をいただいていますから、ある程度の蓄《たくわ》えはあります。でも、その貯金は私の肉体を造るために貯めていたお金ですので……」

「ああ、キルシェ殿の肉体の生成にかかる費用は、アイリ殿が負担する事になっているから、いらないいらない」

「しかし、それでは……」

「いろいろと振《ふ》り回されて迷惑《めいわく》かけられている慰謝料《いしゃりょう》だと思えばいいさ。アイリ殿が造ればパテントいらずの実費だし、適当にどっかから予算を流用するだろうしね」

哲学士ならば多くの重要なプロジェクトに関《かか》わっている。当然予算も膨大《ぼうだい》な計画ばかりで、そのちょっとした使途《しと》不明分の予算をかき集めれば、大型プロジェクトすら動かせる資金を集めるのは簡単だ。ポケットマネーから出すとしても、例えるなら億万長者が缶《かん》コーヒーを一つ買うような気軽さだ。しかもアストラルを持つＡＩが珍《めずら》しい以上、重要なデータを収集する機会でもある。どちらにしろ哲学士にとって出資して損は無い。

「住む場所なら、守蛇怪のプライベート空間に家を建てるといい。職員用空間の家を使っても良いけれど、他の人が出入りする所だから、万が一って事もあるだろうからね」

「しかし、さすがに家を建てる予算は……」

「西南殿がせっかく用意した家をなかなか使ってくれないからね。資材はいっぱい余ってるし、オートビルドのシステムがあるから簡単だ。キルシェ殿なら知っているだろ？」

「あっ、はい。ＮＢにマニュアルデータがありますから一応は」

「家の設計図はこの家のデータを入力すれば、カスタマイズも簡単だ。家具や調度品は守蛇怪の在庫リストの中にある物なら、どれでも使って構わない。かなりたっぷりといろいろと放《ほう》り込んでおいたから、好きに使うといい」

「……はあ」

鷲羽が放り込んだ品は多岐《たき》にわたり、銀河アカデミーにある最大のモールを超《こ》える品揃《しなぞろ》えがある。それどころか、今では手に入らない骨董《こっとう》品と化した超《ちょう》高級品や試作品等もあるからその価値はそれ以上だ。どれでも使って良いと言われても正直、戸惑《とまど》う程《ほど》だ。西南が守蛇怪の資材に手を付けないのも同じ理由だ。

「もしそれ以外で欲《ほ》しい物が在《あ》れば、その時にはキルシェ殿の貯金を使えばいい。アイリ殿の悪さのせいで、今回のようにNBが置いてけぼりにされる事も多くなるだろうから、暇《ひま》つぶしにも丁度いいんじゃない？」

「それは……そうなのでしょうけれど、西南さんや他の方達が手を付けないうちに、私が使うのはちょっと……」

「西南殿ならそんな気兼《きが》ねは無用さ……というか、使って欲しいんだよねぇ。こっちもいろいろと物が余って困ってるんだよ」

「でも随分《ずいぶん》とこちらに回していただいているようですが……」

「そんなのほんの一部だよ。何せ私に関係するパテントを使用した、商品だけでなく試作品から試供品まで送られて来るんだから、貯まる一方なんだ。だいたい行方《ゆくえ》不明になって五千年も経《た》ってるんだから、そんな事をする必要も無いし、普通《ふつう》ならそれだけ年月が経てば全部フリーになってる筈《はず》なんだけれどねぇ……」

「しかし送られて来ても、誰《だれ》が受け取って管理をなさるのですか？ 鷲羽様は表向き行方不明ですし、相続者が居らっしゃるなんて聞いた事もありませんし？」

「哲学士関係だとMMDに管理財団があるもんだからそこに送ってくるんだ。アイリ殿が言うには、送らないと祟《たた》りがあるって思われているらしくてね」

「……は、はあ？」

　哲学士は技術の使用倫理《りんり》を決定する立場にある為、権利関係に厳しい者が多いのは確かだ。しかしそれに関わる金銭には意外と無頓着《むとんちゃく》だ。だがたまに金銭に異常に執着《しゅうちゃく》する者も居る為、そういった噂《うわさ》が立つのだろう。ましてや鷲羽はいろいろと逸話《いつわ》を残した伝説的な哲学士だから尚更《なおさら》だ。

「最近、あちこちで姿を見られちゃってるから、一層、送られて来る量が増えちゃったんだよ。返却《へんきゃく》しようにも、相手方が受け取るのを嫌《いや》がってね」

「いっその事、生存報告をなさったらいかがです？　ご本人がいらないと仰《おっしゃ》れば止むのではありませんか？」

「いつかはそうするつもりだけれど、まだいろいろと問題がね……」

「では、どなたかを介《かい》して中古市場にでも流すとかはどうでしょう？」

「一般《いっぱん》にも普及《ふきゅう》しているような商品なら、こっそり中古業界にも流せるし、資源化する事も出来るけれど、軍用や特注品、一般品でも試作品なんかだと、迂闊《うかつ》に一般市場に流せないんだよ。資源化が難しい処理をされている物もあるし、特に希少資源は流通量が監視《かんし》されているから、流すのもいろいろと面倒《めんどう》なんだ」

不審《ふしん》に思われて調査をされたら厄介《やっかい》だ。鷲羽の生存公表はとんでもない爆弾《ばくだん》を銀河連盟中にバラ撒《ま》くようなものだ。それなりに時間を掛《か》けて行わなければならない。

「何か大きなプランでも計画なさってはいかがでしょう？」

「一番消費が大きいのは銀河大戦でもやらかす事かな？」

「そっ！　それはさすがに……」

「だろ？　西南殿みたいに押し付ける相手も限られてくるから、貯まっていく一方なんだよ。もちろん全部置いておく場所は在るんだけれど、やっぱり作った物を使わないってのは勿体《もったい》ないだろ？」

一番の理由はそれだ。鷲羽は上目遣《うわめづか》いでジッとキルシェを見た。

「わ、分かりました……。どれ程のお手伝いが出来るかは分かりませんが、ありがたく使わせていただきます」

そんな贅沢《ぜいたく》をするのは気が引けるし、それに慣れるのは危険だが、銀河大戦を引き起こされるよりはマシだ。とりあえず早く鷲羽の生存公表が行われるのを祈《いの》るのみだ。

×　　×　　×

このような経緯《けいい》でキルシェは家を造る事になったのである。

『キルシェ、地盤《じばん》の状況《じょうきょう》はＯＫ、安定してるから建築を始められるわよ』

起動した通信モニターに映ったのはアイリだ。

『でも本当にそんな場所で良いの？　鷲羽様だって、どこに造っても良いって言って下さったんでしょう？　どうせバカッ広い場所なんだから、どど～～んと盛大《せいだい》に宮殿《きゅうでん》でも建てたら？　その位したってバレやしないわよ』

「クスッ。ここが気に入ったんです。他と比べれば小さい場所ですが、十分な広さもありますし、何より、西南さんの故郷の風景に似ていますから」

『あら、そう？　だったら地下にドドンと秘密基地を……』

「そういう事はアイリ様、個人でどうぞ」

キルシエはキッパリとそう言った。さすがにいろいろと振り回されたせいか、アイリの扱《あつか》いに慣れて来たのだ。

『え～～～っ、だって私はそこに入れないんだもん』

つまり入れれば造るという事だ。当たり前の話だが、ここは西南のプライベート空間である。西南と福が認め、許可した者しか入る事が出来ない。一番の要注意人物のアイリなど、たとえ西南が良いと言っても福は絶対に許可はしないだろう。何しろＮＢをアイリが操作しているだけで敵と認識《にんしき》する程なのだ。

『あのチビデビルめぇ～～～！　何で私ばかり目の敵《かたき》にぃ』

「西南さんのプライベート空間に、怪《あや》しげな基地を造ろうなんて考える人、福ちゃんが警《けい》戒《かい》するのは当たり前ですよ」

『一度あのチビデビルとは決着をつけなきゃならないようね』

（……で、あっさりと返り討《う》ちになるんですね）

キルシェは心の中で溜息《ためいき》を吐《つ》くと、作業をするべく立ち上がった。とはいえ、キルシェのする事はそう多くない。実際に建てられていく過程をチェックし、イメージとのすり合わせを行うのだ。一番の留意点は西南の生活に支障が無いか、危険は無いかであるが、仮想世界での生活や現実での寮《りよう》や雨音《あまね》の家、西南の実家でのデータがあるし、守蛇怪のコンピューターも危険予想をしてくれる。

「家が完成したら少しずつ、家具や家の周りの環境《かんきよう》を整えていきましょう」

どちらにしろ西南の意識が統一され、キルシェが生身の身体を得てこの家に住む事が出来るのはまだ先の事だ。

「ゆっくりゆっくり」

キルシェにとってその待ち時間は苦痛ではなく、楽しみでもあった。

「こぢんまりとした所ですが、良い所ですね」

外へ出て家の周囲を一通り見て回った西南は、遠くに見える天樹を眺《なが》めながら言った。こぢんまりとした、といっても敷地《しきち》はサッカーコート二つ分はありそうな広さがあり、個人の邸宅《ていたく》とすればかなりの広さだ。ただ、天樹を眺める絶景との対比がそう言わせたのである。

敷地の中央にある、家を護《まも》るように生えている木は高さが五十メートルはあろうかという物だが、樹雷においては小さな庭木といった程度だ。枝を大きく傘《かさ》のように広げた木は巨大《きょだい》なキノコといった形状で、太くうねった幹は結構手掛《てが》かりも多く、小さな子供でも登れそうだった。

「きっと魅影ちゃんが大きくなったら登るんだろうな」

「この前、夕咲様が登ってらっしゃいました」

「あっ……そうですか」

林檎の話を聞いて、苦笑《くしょう》する。いかにも夕咲らしく、大きくなった魅影と二人で登って兼光をヤキモキさせるのだろう。

それ以外には幾《いく》つかの庭木や納屋《なや》、果樹木もあったが、少し閑散《かんさん》とした感じだが、これからいろいろと手を入れるのだろう。だが何と言っても、そこから見える天樹を含《ふく》む遠景が素晴《すば》らしい。

天樹と反対側、遥《はる》か遠方まで広がる巨木《きょぼく》の森林地帯と雪をかぶった山脈。それだけでも不思議な光景だ。何しろ視点が地球の最高峰《さいこうほう》のエベレストよりも高い位置にあるのに樹高が一キロはある巨木の森林地帯は、西南の知る森と山脈の縮尺とは全く違《ちが》う物だ。そして庭の縁《へり》近くにまで行けば、眼下には天樹の巨大な枝葉も見える。それだけでも思わず絶句しそうな絶景だ。そして天樹側はそれすらも凌駕《りょうが》する超絶《ちょうぜつ》の風景が広がる。

「綺麗《きれい》だ……」

まだ夕方には少々早いが、林檎の言う通り、太陽が天樹の陰《かげ》に隠《かく》れようとしている様はまるで皆既日食《かいきにっしょく》のように、天樹の中は薄暗《うすぐら》く輪郭《りんかく》は明るく光っている。その薄暗い所には木漏《こも》れ日の筋がいくつも見え、その更《さら》に下方、完全に陽《ひ》が届かない場所には照明の明かりが星のように灯《とも》っている。その様はもう圧巻としか言いようがない。

「ええ、本当に綺麗」

林檎はそっと西南に寄り添《そ》い、至福の笑《え》みを浮《う》かべている。

旦那《だんな》様と可愛《かわい》らしい赤ちゃん——今のこの状況は、将来の理想像だ。たとえそれがただの空想であろうとも、そこに西南が居て、魅影が居る状況は現実だ。

「あ〜〜、あぅ！」

魅影も嬉《うれ》しそうにその絶景に向け手を伸《の》ばしている。もっともその理由が絶景にあるのか、西南達と一緒《いっしょ》に居る事にあるのかは分からないが、とにかくご機嫌《きげん》だ。

「ミャア！」

太陽が天樹の向こうに隠れ、輪郭の光が夕陽のモノとなった頃《ころ》、西南達の後ろから福が駆《か》け寄って来た。

「あっ！　福、おかえり」

福は振《ふ》り向いた西南にそのまま飛びつき、肩《かた》まで駆け上がった。

「そうだ！　女官《にょかん》さんは一緒じゃないのかい？」

「ミャア？」

と、不思議そうに首を傾《かし》げる福の頭に、メッセージプローブが浮かんでいるのに西南と林檎が同時に気付いた。

『──お二人の邪魔《じゃま》をしないよう、夕咲様から申しつかっておりますので、申し訳ありませんが、福ちゃんを転送ゲートまでしかお送り出来ません』

短いメッセージが再生され、プローブは分解して消滅《しょうめつ》した。

「………どうしよう」

西南は途方《とほう》に暮れたように呟《つぶや》いた。

「私もお手伝いしますから、大丈夫《だいじょうぶ》ですよ」

林檎にとっては今の状況は至福の時である。それが明日まで延長された事を素直に喜んだ。どちらにしろ、こうなる事はほぼ確定していた事だ。

「あ〰〰だうっ！」

「ミャウ⁉」

西南と林檎がこの状況に気を取られていた隙《すき》に、魅影は西南の肩にいる福に興味をそそられたのか、いきなり福の耳を鷲掴《わしづか》みにすると自分の方へと引き寄せた。そして嬉々《きき》として福を、ガラガラのように振り回し始めた。

「あああああ、ダメだよ！」

西南はすぐさま魅影の腕《うで》を抑《おさ》え、振り回すのを止めた。

「ほら魅影様、福ちゃんを放して下さいね」

「福、大丈夫だから、爪《つめ》を立てちゃダメだよ」

林檎と西南は魅影と福を引き離《はな》そうと必死だった。万が一、怒《おこ》った福が魅影に危害を加えるような事があれば大変だ。もちろん魅影も福も悪くはない。西南達がうっかりしていたのが原因だ。

「ミャ……ミャミャミャミャミャミャ〰〰〰ン！」

だがキョトンとしていた福は怒るどころか、いきなり嬉しそうに笑い出したのだ。

その予想外の反応に、西南も林檎もあっけにとられた。

「えっ？」

「ミャア、ミャア！」

福は魅影に向かって、まるでせがむように鳴き、

「だぁ、ぁうう！」

そして魅影も西南の手が緩《ゆる》んだのか、再び福を振り回し始める。

「ミャウ！　ミャ～～～～ン」

「あうぅ、だきゃう～～」

何やら二人共、実に楽しそうだ。林檎と西南はその光景を不思議そうに無言で見つめていた。

×　　×　　×

日も暮れ、風も冷たくなって来たので、西南達は家の中へと戻《もど》って行った。ベッドに寝《ね》かせた魅影は、福を摑《つか》んでオモチャにしているし、福もそれが楽しいのかキャッキャと笑っている。

「魅影様が喜んでらっしゃるのは分かりますが……」

乱暴に扱われている福が嬉しそうな理由が分からない。林檎は戸惑《とまど》い、説明を求めるよ

うな目で西南を見つめた。

「俺も確かな事は分からないんですが……」

西南は以前、福が砂浜《すなはま》で波に巻かれて埋《う》もれたり、雑草の中に飛び込んで草に絡《から》まるという、少し理解不能な遊びが好きな事を説明した。

「……正直、福の楽しいツボがどこに在《あ》るのか分からないんですが、あれが福なりに楽しいんだと思うしかないんです」

「そうですか……。クスッ、では深く考えるのは止めましょう。福ちゃんが魅影様の相手をしてくれるのはありがたい事ですし、魅影様も楽しそうです」

そう言うと林檎はスッと立ち上がった。

「では夕食の準備をします。魅影様もそろそろミルクの時間ですから、そちらはお任せしてもよろしいでしょうか？」

「はい、分かりました」

樹《き》選びの儀式《ぎしき》を始めて数時間が過ぎ、挨拶《あいさつ》をした樹は五十に近付こうとしていた。今霧恋の目の前に在るのは、今までとは遥かに小さな幼木だった。高さは霧恋の胸辺りまで、一メートルを少し超《こ》えた位だ。

「可愛らしい子ね。鏡子《きょうこ》ちゃんの少しお姉さんといった感じかしら？」

船穂は微笑《ほほえ》ましげにその樹を見つめた。

「最近ここにやって来た子なのでしょうね」

第二世代の親木は当然、第一世代の樹だ。発芽した芽はある程度大きくなるまでは親木の傍《そば》で育ち、それからこの場所に移されるのだ。発芽したばかりなのにユニットに組み込まれたノイケの鏡子は少し特殊《とくしゅ》な例だ。

「こんにちは」

他の樹達と同じように霧恋はその樹に挨拶をした。

「？」

何か声がしたような気がしたものの、反応は感じられ無い。

「では次に行きましょう」

船穂に言われ、少し後ろ髪《がみ》を引かれるような感じはあったモノの、霧恋は小さく礼をして次の樹へと向かった。そしてちょっと長めの通路を歩き、次の空間の切れ目へと足を踏《ふ》み入れようとした次の瞬間《しゅんかん》、

——イヤ〜〜〜ッ！！！

「えっ⁉」

突如《とつじょ》子供の悲鳴にも似た泣き声が、霧恋達の脳裏《のうり》に響《ひび》いた。

――ヤッ！　ヤ～～～～ッ！

泣いていたのは先程《さきほど》の幼木だった。

慌《あわ》てて駆け寄る霧恋にその幼木はか細い神経光を当てた。それはまだ弱々しく、小さな子が手を伸ばすかのようだ。

――イカナイデ、イカナイデ……。

「おやおや、これは一体どういう事なのだろうね？」

舟参は困惑《こんわく》したようにその様子を眺めていたが、船穂と瀬戸はその理由に気付いたようで、微笑ましく霧恋と幼木の様子を見ていた。

「小さな子が親を脅《おど》かそうと隠れたりするでしょう？　でも見つけて貰《もら》えずに離れて行こうとすると……」

その愛らしさに、瀬戸は笑い出してしまいそうなのを堪《こら》えながら言った。

「なるほど。寂《さび》しくなって慌てて出て来た、といった感じなんだね」

得心がいった舟参も満面の笑みが浮かぶ。もともと皇家の樹というのは、そういった子供のような所があるが、まだ幼木のこの樹は幼児か赤ちゃんといった感じだ。

「ごめんなさいね。気付いてあげられなくて……でももう大丈夫よ、私がずっと一緒だからね」

霧恋は過去、幼かった西南にも同じ事を言ったのを思い出しつつ、その幼木の葉を優《やさ》しく撫《な》でた。と、次の瞬間、第二世代の樹達が霧恋と幼木の出会いを祝福するかのように、一斉《いっせい》に神経光を光らせ始めたのであった。

雨音達は、休憩所《きゅうけい》を兼《か》ねた簡易宿泊所《かんいしゅくはくじょ》で少し早い休憩を取っていた。地下には地表が崩《ほう》落《らく》じて出来た穴からの光が差し込まなくなっても、多くの発光、蛍光《けいこう》植物が光を放っている為《ため》に一日中それなりの明るさがあった。特に訓練を行うコースになっている場所には照明植物が多く植えられているので、真夜中でも明かり無しでも通行には問題無い。

休憩所は百メートル程の樹の中腹付近に設置されたモノで、他の樹にも設置されている施設《しせつ》と複数の吊《つ》り橋で繋《つな》がっている。

「兼光様、まだ時間も早いですし、もう少し先まで行けるのではありませんか？」

「この先の行程を考えると、早めに休んで少し早い内から出発した方がいい。地下とはいえ時間帯によってはかなりの強風《ふ》が吹く事もあるからな。出来るだけ穏《おだ》やかな時間帯に、難所を超えるのが無難だ、それに少し気になる情報も耳にしたしな」

「気になる情報？」

「ああ、この更《さら》に先の休憩所近くで蟻《あり》共の姿を見たと言うんだ」

「蟻って、まさか介護《かいご》蟻ですか!?」

「介護って、変な名前の蟻ね。危険な相手なの？」

珀蓮達と違《ちが》い、雨音達は樹雷の情報には疎《うと》い。

「全長一メートル半程の大型蟻でね」

「ちょっと、冗談《じょうだん》……そんなのがウロウロしてる所なの!?」

「大丈夫よ、肉食じゃないから。連中、動物を飼育して、その糞尿《ふんにょう》と枯《か》れ木や葉っぱで堆《たい》肥《ひ》を作って特殊な食用にするキノコを栽培《さいばい》するのよ」

「まさか、その飼ってる動物って、人間って事？」

「それを含《ふく》む動物全般《ぜんぱん》だ。恐《おそ》らくこの辺りにムムカという、連中が飼育によく使う小型の山羊《やぎ》の大群が移動して来たと聞いたから、それを狙《ねら》って来たんだろう。まあムムカは警戒《けいかい》心が強いから、このコース近辺には近付かない。だから蟻共もここへは来ないだろう」

「他に危険な肉食型の動物とかはいないんですか？」

「まあ何種類かは生息しているが、滅多《めった》に人は襲《おそ》わんよ」

ある意味、樹雷の最強の生物は人間だ。何しろほぼ全員が闘士《とうし》の樹雷人は、素手《すで》でライオンや虎《とら》にも勝てるのだ。幼い子供が一人でうろついていたのならいざ知らず、大人に向かってくるような動物は皆無《かいむ》だ。それに餌《えさ》になる小動物も多いので、わざわざ危険を冒《おか》す必要は無い。

「まあ宿泊所はこの通り高所にあるし、俺が出発まで見張りに立つから安心して休むがいい」

「えっ？　しかし兼光様はいつお休みに？」

「俺なら三日四日寝なくとも平気だ。この休憩所には露天風呂《ろてんぶろ》もあるからゆっくり疲《つか》れを取ってくれ。明日は少し強行軍になるからな」

それだけ言うと兼光は簡易食を一つ摑み、見張りをする為に外へ出て行った。

「……じゃあ、とりあえず食事の用意かな？」

「いいえ、その前にお風呂に行きましょう、お風呂！」

そう力説したのはネーネだった。

×　　×　　×

宿泊所の浴室は休憩所から吊り橋で渡《わた》った、隣《となり》の樹に在った。大きな格子《こうし》窓からは雨音達が転送させられて来た場所が遥《はる》か下方に見えていた。天空からの光の届かぬ場所は真っ暗で、そこに照明樹の明かりが星のように光っている。下に居た時には気付かなかったが、出発地点よりも更に地下へと崩落した場所がいくつも在り、現在も浸食《しんしょく》は続いているようだ。

「はぁ……気持ちいいお風呂で絶景を眺《なが》めていると、急いで上に戻る必要なんて無いように思えるわよねぇ」

雨音は大きく息を吐《は》きながら言った。

浴室はゆったりとした物で、かなりの大人数でも入れる広さがある。地中や空気中から水を集めるのも、お湯へと熱するのも、それを浄化巡回《じょうかじゅんかい》させるのもそれぞれ違う種類の樹木が行っているが、これは樹雷ではおなじみのシステムだ。絨毯苔《じゅうたんこけ》がびっしりと浴室全体を覆《おお》い、アクアリウムで泳ぐ魚にでもなったような気分である。しかしお湯は柔《やわ》らかく水中の苔はビロードのように心地良くふかふかだ。充満《じゅうまん》する香《かお》りは昂《たか》ぶった神経を落ち着かせてくれる。

「もしかして、ここを登るのが面倒《めんどう》になったの？」

「まあ正直それもある。けど、よくよく考えてみたらあの家に居るのは、西南と林檎様と赤ちゃんと福だろ？　何か起こるように思える？」

「何も起こらないでしょうね」

当然とばかりに玉蓮《ぎょくれん》は断言した。

「西南様も林檎様も奥手な方ですから。まあ、お二方だけでしたら、もしもの事もあり得るでしょうけれど、魅影様に意識が行って、それどころではないと思います」

「まあ……薄々《うすうす》、そうではないかと思っていましたけれど……」

リョーコ達はお互《たが》いを見合い、それぞれの考えを確認《かくにん》した。疑心はあったが、あの玉蓮が断言した事で、確信に変わったのだ。と、その場の緊張《きんちょう》がすっかり解けてしまった。

「クスッ。もっとも『子は鎹《かすがい》』と言いますから、精神的な繋がりは深くなるかもしれませんね」

「おおっ！　それは好都合！」

一人嬉《うれ》しそうなのはネーネだ。他の女性達からは小さなブーイングが起こる。

「皆《みな》さんはいつも西南様とご一緒《いっしょ》なのですから、少し位のアドバンテージは良いじゃありませんか！」

「ここに霧恋が居なくて良かったわよ。あいつがこの事を知ったら、寝《ね》ずの強行軍だっただろうからな。まあせっかく景色も良いし、のんびり行こうや」

「いいえ！　急いで上に行って、藤堂に文句を言ってやらなきゃ！　皆さんだって夕咲様に文句を言いたいのでしょう？」

「それはそうなんだけど……こんな絶景を見てたら、どうでもいいかなって思えるんだよねぇ……」

「あまり強行軍では勿体《もったい》ないですものね」

「そうそう」

この景色が初見の雨音達は特にそう思い始めていた。

「とにかく！　今日はいっぱい食べてゆっくり休んで、明日《あした》に備えますよ！……ではその前に皆さん綺麗《きれい》に今日の汗《あせ》を流さないと！」

ネーネは大きなタワシ苔を手にしてニヤリと凶悪《きょうあく》な笑みを浮《う》かべた。

×　　×　　×

「……姦《かしま》しい事だなぁ」

浴室から漏《も》れ聞こえる悲鳴に兼光は眉《まゆ》をひそめた。

「あそこに宅の魅影も加わるのか……」

あの姦しさに負けないよう、夕咲は張り切って魅影を教育する事だろう。どちらにしろ樹雷の女性は強いのだ。

「西南殿《どの》もこれから大変だ」

娘《むすめ》の不安より同じ男として、西南の苦労を考えると同情を禁じ得ない兼光だった。

――キリコ、キリコ。

幼木は嬉しそうに、まるで宝物でも抱《かか》えるように、自分のパートナーとなった霧恋の名を連呼した。

「さあ、貴女《あなた》もその子に名前を付けてあげなさい。もう考えているのでしょう?」

「はい……」

霧恋は瀬戸の言葉に肯《うなず》いた。そして再び幼木の方をジッと見つめ、

「あなたの名前は『瑞輝《みずき》』よ」

――ミズキ?

「そう、瑞輝」

――ミズキ! ミズキ!

瑞輝と名付けられた幼木は霧恋に向かって精一杯《せいいっぱい》、多くの神経光を当てた。

「フフッ、どうやら気に入ってくれたようね。では急いで移植の準備に入りましょう」

瀬戸はそう言って霧恋の肩《かた》に手を置いた。

「はい。じゃあ、瑞輝ちゃん、また後でね」

――キリコ、イッチャウノ？

「すぐに会えるわ。大人しく待っていてね」

――ウン。ミズキ、マッテル。

「良い子ね」

霧恋達は次の作業を急ぐべく、足早にその場を立ち去った。本来ならそこまで急ぐ必要も無いのだが、瑞輝の場合、小さな子を留守番させておくような不安があり、足を急がせたのだ。帰りはドアの場所まで直通だ。いちいち今まで通って来た通路を引き返す必要は無い。

「瀬戸殿《どの》、今回は霧恋殿のお披露目《ひろめ》は先に延ばすとの事だが、皇族への紹介《しょうかい》はどうするのかね？　第三世代ならいざ知らず、第二世代の樹を賜《たまわ》ったのだから、我ら立会人の報告だけという訳にも行かないのではないかな？」

ドアを出た所で舟参は瀬戸に話しかけた。

「恐らく阿主沙《あずさ》殿も考えてくれている筈《はず》だけど……」

「では私が阿主沙殿と相談して手配をしよう」

「そうね。お願いするわ」

「本日はいろいろと、ありがとうございます」

霧恋は舟参に近寄って深々と頭を下げた。

「なあに今日は我が人生でも最良の日の一つとなった。霧恋殿には慌《あわ》ただしい話だが、あの幼子を待たせては可哀相《かわいそう》だ」

本来であれば、樹《き》選びの儀式《ぎしき》はここまでだ。ドアの外に待つ皇族に、立会人が樹を得た過程に問題が無い事を報告し、そしてその日は関係者を集めての祝賀会、国民に向けて発表をして終わる。それ以前に本来なら樹選びの儀式をするという、前発表も盛大に行われるのだ。そして樹をユニットに移植して、皇家の船として外装を組み、正式にお披露目がされるのは第二世代以上の樹の場合、早くても一週間後だ。だが今回の場合は、急を要する為《ため》、すぐにでも移植の準備をしなければならない。

「はい。では失礼いたします」

霧恋と船穂、そして瀬戸は舟参に深々と頭を下げると、すぐさま次の場所へと向かったのである。

×　　×　　×

霧恋と船穂は皇家の樹の間の上方にあるゲート工房《こうぼう》にいた。ここは皇家の樹を通常空間へと出すゲートだ。第二世代以上の皇家の樹を設置する時間がかかる理由は、どのような樹が選ばれるか分からない事だ。樹の大きさや形状によってユニットはカスタマイズされる。内装も凝《こ》った特注品となればその製作に時間もかかる。第三世代の場合、候補は事前に決まっているから前準備が可能であり、儀式後の準備期間は少なくて済むのだ。

瑞輝のユニットは緊急《きんきゅう》の為、全《すべ》て基本的なパーツを使っていた。一番の問題は外部ユニットをコントロールする為の、神経光を受容する端末《たんまつ》のサイズだ。瑞輝の場合、神経光の力が弱いので、通常の物だと上手《うま》くコントロールが出来ない可能性がある。だからとにかく、不格好ではあるが一番小さなサイズの受容端末を、可変式の金属アームで設置していたのだ。

「……なんだか緊急記者会見の時のマイクみたい」

受容端末を見た霧恋はそう呟《つぶや》いた。霧恋の言う通り、それは発言者の周りに無造作に置かれたマイクロフォンの群れのようだ。

「内装パーツの発注は、受容端末の調整が終わってからでないと無理だから、可哀相だけれど瑞輝ちゃんには少しの間、我慢《がまん》して貰《もら》わなくてはいけないわね」

「きっとあの子なら気にしませんよ」

「フフッ、では始めましょう」

船穂と霧恋は中央のリング状のプレートから距離《きょり》を取った。

「始めて下さいな」

船穂の合図と共にリング状のプレートが幾層《いくそう》かに分かれて回転を始めた。それはまるでパズルのように組み合わさり、魔法陣《まほうじん》のような回路図が浮かび上がった。中央の空間が歪《ゆが》み始めると、さらにそれに呼応するかのように、プレート上部に凄《すさ》まじい数の力場回路の図式が幾重《いくえ》にも起動すると、淡《あわ》い光が虹色《にじいろ》に揺《ゆ》れ地面の上に黒い点がスッと円状に広がったのだ。

「繋《つな》がったわね」

それは皇家の樹の根がエネルギーを吸収する為に伸《の》ばしている異空間だ。目の前に起動した力場回路図式はそれを固定し、外へのエネルギーの流出を抑《おさ》える物だ。淡く光るそれが外へ漏れ出せば、最悪、樹雷星を中心とした半径百光年程《ほど》が消滅《しょうめつ》する程のエネルギーが発生してしまうのだ。

「瑞輝ちゃん、聞こえる？」

――――キリコ、キリコ。モウイイノ？

「ええ、いらっしゃい」

中央空間の上部が揺らぎ、途端《とたん》に皇家の樹の間の香りが微《かす》かに流れ込んで来た。そして螺旋《らせん》状に歪んだ瑞輝が、幾つかのリング状のパーツと共にゆっくりと下降して来る。瑞輝の根の部分は所々黒い靄《もや》のような物で覆《おお》われ、それが黒い空間へと引き込まれるように同化して行った。

――――!!

「大丈夫《だいじょうぶ》!?」

声にならない呻《うめ》きのようなものを感じ、霧恋は慌てて声をかけた。

――クスグッタ～～イ!

「えっ?」

「大丈夫。空間を安定させる時のさざ波よ」

「……もう、驚《おどろ》かさないで」

安堵《あんど》する霧恋の目の前で、瑞輝と共に転移して来たリングが黒い空間に触《ふ》れた瞬間《しゅんかん》、黒い空間は現れた時と反対に一気に点となり消えた。歪んでいた空間も元《もと》に戻り力場回路の図式も一つずつ連鎖《れんさ》的に消滅した。そして最後にリング状パーツが起動した時と反対の動きをし、元の位置にロックされた。

「何か気になる所とかは無い?」

――ウン。ダイジョウブ。

霧恋と船穂は瑞輝の傍《そば》へ歩み寄る。

「じゃあ、受容端末の調整をしましょうね。やり方は分かる?」

瑞輝は受容端末をコントロールする為の端末に向けて神経光を放った。と、金属のアームが慌ただしく移動を始めるが、ものの十数秒で端末の位置は固定された。

――……エ〰〰ット。

――キリコ、オワッタ。

「ありがとう。偉《えら》いわよ」

「ではこの位置をスキャンして装飾《そうしょく》ユニットを造ってもらいましょう。次はキーを作らないといけないのだけれど……。どうかしら？」

と、船穂の横にモニターが起動した。そこに映っているのは霧恋も顔馴染《かおなじ》みの、柾木家専属の老細工職人だ。

『瑞輝様ほど小さな幼木では、迂闊《うかつ》に枝を切る訳にも行きませんし、困りましたな』

細工職人は瑞輝のスキャンデータを見ながら首を捻《ひね》った。皇家の樹とそのマスターは距離が離《はな》れていても精神的なリンクを行えるよう、その木から切り出した枝でキーと呼ばれる飾《かざ》りを作る。しかも樹液が固まった宝石、琥珀《こはく》を含《ふく》んだ部分で、である。普通《ふつう》のサイズの樹ならば、条件の揃《そろ》った枝部分はいくらでもあるのだが、瑞輝のような幼木ではそれが難しい。瑞輝の幹ですら普通に切り出す枝部分より細いのだ。

ノイケの『鏡子』は瑞輝よりも更《さら》に幼いのだが、鏡子には正式なキーがまだ無く、移動出来る端末体をキーの代用としている。だが瑞輝の場合はその端末体を造ってる余裕《よゆう》は無い。

『おっ！　ちょっとお待ちを』

老職人は何かに気付き、過去の資料を調べ始めた。そして解決策が見つかったのであろう、すぐさま明るい表情で顔を上げた。

『第二世代の幼木には親木とリンクをする為、種子だった頃《ころ》の琥珀部分がどこかにある筈です。それなら使えるかもしれません』

「しかしそれでは親木とのリンクが出来なくなるのではありませんか？　そんな事をして大丈夫なのでしょうか？」

『皇家の樹の間に移された段階で、親木の擁護《ようご》が必要無くなっていますから、問題はありません。大抵《たいてい》は成長と共に幹の中に取り込まれるそうですが、瑞輝様でしたら、まだ表層部に有るのではないかと思います』

――キリコ。ソレ、ココニアルヨ。

瑞輝は一枚の葉から、合図のように神経光を出した。

「……ああ、これ？」

その近くには、幹から小指の半分程の長さの、葉が全くない枝が飛び出していた。そしてその先には大豆程の大きさの琥珀が輝《かがや》いていたのである。

『おお、それならば使えそうです』

「瑞輝ちゃん、これ貰って良いかしら？」

――ウン！　ママモ、ソレヲツカッテモライナサイッテ。

「そう……ありがとうね。じゃあ少し我慢していてね」

キリコはその短い枝を幹ギリギリの辺りを切断した。

――！

「ごめんなさいね。痛かった？」

霧恋は切断面を撫《な》でながらそう聞いたが、すぐさまその手を船穂が抑えた。

「あまり触《さわ》っちゃ駄目《だめ》よ」

「えっ⁉」

と、霧恋の目の前で、切断面から薄《うす》い紫色《むらさきいろ》の樹液が染《し》み出して来た。

「切断面からは樹液が出て来て、細菌《さいきん》の侵入《しんにゅう》を阻止《そし》するようになっているの。だからあまり人が触れない方がいいわ」

――キリコ。イタクナイカラダイジョウブ。

「そう……良かったわ」

「これで必要な物は揃ったわね。では私はその枝を加工して貰ってきますから、霧恋ちゃんは瑞輝ちゃんとお話でもしていなさい」

霧恋から枝を受け取ると、船穂は転送ゲートへと向かった。

「はい。お願いいたします」

船穂が転送され、姿が見えなくなると霧恋は緊張《きんちょう》を解いて瑞輝の傍に座った。

「ねえ瑞輝ちゃん。ママやお姉さん達と離れて寂《さび》しくはない？」

――キリコガイルカラ、ヘイキ。

「ありがとう。明日《あした》になればお友達にも会えるわよ」

――オトモダチ？

「ええ。瑞輝ちゃんとは少し違《ちが》うけれど、山田西南《やまだ》って人のお船の頭脳体よ」

――アノネ、アノネ！　ソノコネ。ママタチト、オカエリナサイッテ、シタコダ。

「ああ、そうだったわね」

霧恋は守蛇怪が樹雷へ到着《とうちゃく》した時に、皇家の樹達が挨拶《あいさつ》した時の事を思い出した。

「瑞輝ちゃんもお帰りなさいって、してくれたんだ。ありがとうね」

――ヤマダセイナモシッテルヨ。ホノカガ、リンゴトイッショニイルッテイッテル。

「ええっ!?」

――――!?

急に声を荒《あら》げた霧恋に、瑞輝は驚いて小さな悲鳴を上げた。そして、

――キリコ……オコッタノ？　ミズキ、ワルイコトシタ？

今にも泣き出しそうな声でそう言ったのだった。

「あああああああっ！　違うのよ。瑞輝ちゃんを怒《おこ》ったんじゃなくて、ちょっと驚いちゃっただけなの」

瑞輝がマスターの言動の裏表を正確に把握《はあく》出来るには、少し時間が必要だ。ましてや幼木の瑞輝は経験が少なく付き合い始めたばかりだ。もちろんそれは不用意な発言をしてしまった霧恋にも言える。

――ホントウ？

「ええ、本当よ。そうだ！　お水をかけてあげましょうね」

霧恋は急いで立ち上がると、持って来ていた園芸用品の中からジョウロを摑《つか》み、水路の水を汲《く》み上げた。

皇家の木が植えられている土は、水路から適量の水が補給されるので、本来水やりの必要は無いが、それでも樹木である為《ため》か、ジョウロで水をかけられるのが楽しいのだと、同じ幼木のマスターであるノイケに聞いた覚えがあったのだ。

瑞輝の樹高は小さいので、頭から水をかけるのも容易だ。ジョウロから出る水が小さな虹《にじ》を浮《う》かび上がらせると瑞輝も神経光をパチパチと、線香《せんこう》花火のように出す。

——キモチイイ。

キャッキャと喜ぶ瑞輝に、霧恋はホッと安堵した。

「ごちそうさまでした」

「ミャア！」

夕食を終えた西南と福はパンと両手を合わせた。

「お粗末様《そまつさま》でした」

「本当に美味《おい》しかったです。皇族の人達ってノイケさんや砂沙美《ささみ》ちゃんもそうだけど、本当に料理が上手ですよね」

阿重霞《あえか》は例外だが、その代わり彼女の服飾縫製《ふくしょくほうせい》は熟練職人並みだ。

「全《すべ》ての方が得意という訳ではありませんが、瀬戸様の方針で出来るように指導されるんです」

林檎《りんご》は食器を片付けながら嬉《うれ》しそうだ。

「あっ、俺も手伝います」

「さほど量はありませんから。それより少し休んだら魅影様を入浴させたいので、居間にお連れして下さい」

「わかりました」

×　　×　　×

食器洗いを終え、エプロンを外した林檎は居間に入って来ると魅影を抱《だ》っこした。

「西南様、お手伝いいただけますか？」

「はい」

西南は立ち上がると先に浴室へ向かう。魅影を抱《かか》えたままの林檎では準備もままならないからだ。浴室への入り口は暖簾《のれん》で仕切られているだけでドアも何も無く、浴槽《よくそう》にはお湯が張られ、湯気が立ち込めていた。脱《だつ》衣《い》所に仕切りは無いが、空気の流れがコントロールされているのか湿気《しっけ》は無い。

「結構広いな」

浴室は家の規模に比べてかなり広く、浴槽の向こうは段差の無いベランダが続いてる。

外はまだ殆《ほとん》ど整備されていないので殺風景だが、それ以外は全面海で、うっすらと水平線がまだ明るく見えている。

「うん。良い匂《にお》いだ」

内部は全部木製で檜《ひのき》のような良い香《かお》りがする。

「あれ？」

ふと周りを見回すが、肝心《かんじん》の魅影を入浴させるタライが見当たらない。浴槽は結構深いので誰《だれ》かが一緒《いっしょ》に入って補助をしなければならない。

「西南様？」

「ああ、林檎様。実は魅影ちゃんを入れるタライのような物が無いんですが、赤ちゃんをお風呂《ふろ》に入れるのって、どうするんですか？」

「あら、本当におかしいですね。普通なら小さな湯桶《ゆおけ》が有る筈《はず》なのですが……」

林檎も魅影を抱えてあちこち探すが、そのような物は見当たらなかった。

「ここ以外にはそれらしい物も有りませんでしたし……」

「お湯が出るのは台所だけですものね………!?」

「!?」

西南と林檎は同時に台所の流しで魅影を洗う夕咲を想像した。

「……まさか？」

さすがにそれは無いと思いつつも、何かシックリ来るのが恐《おそ》ろしい。慌《あわ》てて頭を振《ふ》ってその考えを頭から追い出す。

「では私が一緒に入りますので、お先に失礼させていただいてよろしいでしょうか？」

「ええ、お願いします。福も一緒にお入り」

「ミャア！」

西南は一人で居間へと戻《もど》って行った。だがすぐに魅影の泣き声が聞こえ、そして西南が少々不安《ふあん》に駆《か》られた頃、びしょ濡《ぬ》れの福が西南を呼びに来たのだった。

「あの、どうしたんですか？」

福の後を追い、風呂場の入り口の暖簾の陰で声をかける。

「それが魅影様が泣き止《や》んで下さらなくて。少しお手伝いをお願いします。入って来て下さって大丈夫《だいじょうぶ》ですから」

林檎に言われ、西南は大きく深呼吸をして中に入る。林檎はバスタオルを身体《からだ》に巻いて湯槽《ゆぶね》に漬《つ》かっているが、少し乱れ気味だ。恐らく魅影を抱いたまま、西南を迎《むか》え入れる為に何とか巻いたのだろう。

「だぁ～～～～ああああああぁ～～～あぅ…………う～う～」

火がついたように泣いていた魅影は、西南の顔を見た途端《とたん》泣き止み、西南に向かって手を伸《の》ばした。

「あう〜〜〜！」

「やはり西南様の方がいいんですね」

ここまで分かり易《やす》く豹変《ひょうへん》されては仕方がない。林檎は苦笑《くしょう》顔で言った。

「でも、俺が入れて大丈夫かな？」

「しかし私では……。すぐ外で控《ひか》えていますのでお願いします」

「分かりました」

戸惑《とまど》う余裕《よゆう》も無く、西南は脱衣所に向かい服を脱《ぬ》いでバスタオルを腰《こし》に巻いて戻り、お湯の中に魅影を浮かべるように受け取った。

「うあ……あ〜〜〜！　だぁ〜〜〜〜〜!!」

が、今度は外へ出ようとした林檎に手を伸ばして泣き始めたのだ。

「えっ？　もしかして私も居なくちゃ駄目なんですか？」

「う〜〜ぅう〜〜〜」

「……仕方ありませんね」

やはり泣く子には勝てない。戸惑いつつも、西南の隣《となり》に寄ると魅影はご機嫌《きげん》な様子で林檎と西南を見、そして福が泳ぐ姿にキャッキャと声を上げて笑い始めたのだ。

「居間や外でも泣かなかったのに、お風呂だけは二人が居ないと駄目《だめ》なんですね」

「もしかしたら、不安なのかもしれませんね。あるいはいつも……」

そこまで言って、林檎は恥《は》ずかしそうに俯《うつむ》いた。魅影を風呂に入れるついでに兼光と夕咲が一緒に入っているという可能性に気付いたからだ。

（こ、これは、さすがに、ちょっと……）

恥ずかしいやら嬉しいやら、林檎は思わず顔が綻《ほころ》ぶのを必死で堪《こら》える。幸い、顔が真っ赤になっていたとしても、お湯で火照《ほて》っている様に見える為、西南に気付かれる事は無い。バスタオルを巻いた以外は裸《はだか》だが、イムイムで過ごした水着の方が露出度《ろしゅつど》は上だ。あの経験が無ければ、恥ずかしさのあまり気絶してもおかしくない。

「林檎様、魅影ちゃんを洗いましょうか」

「そうですね。あまり長湯はよくありませんし」

西南は魅影を抱えて湯槽から上がり、林檎は近くにあったベビージェルの容器から中身を手に取り、魅影の肌《はだ》を洗い始める。さすがにくすぐったいのか魅影は身悶《みもだ》えするが、機嫌は良さそうだ。隅々《すみずみ》まで念入りに洗った後、お湯ですすいで再び湯槽へと戻る。

「うあ……あう」

魅影が気持ちよさそうに大きな欠伸《あくび》をした所で入浴は終了《しゅうりょう》だ。

脱衣所では林檎一人でも魅影は泣く事は無く、そのまま天花粉のようなパウダーを付けられ、新しい肌着を着せられた時にはスヤスヤと気持ち良さ気に寝入《ねい》ってしまった。

「では魅影様を寝かせて参りますから、西南様はごゆっくりなさって下さい。私はその後でいただきますから」

×　　×　　×

「どうぞ」

縁側《えんがわ》で涼《すず》んで居る西南の元に、林檎は冷茶を運んで来た。

「ありがとうございます」

薄手《うすで》の浴衣《ゆかた》と濡れ髪《がみ》、加えて湯上がりの匂いが林檎の艶《つや》っぽさを倍加している。雨音や玉蓮程《ほど》、強烈《きょうれつ》な色香《いろか》では無いにしろ、それでも林檎は魅力《みりょく》的な女性だ。その彼女と二人っきりなのだ。

(落ち着け……落ち着け)

今はクッションとなる魅影も福もスヤスヤとお寝んね中だ。西南は緊張《きんちょう》を和《やわ》らげようと美しい風景に目をやった。

イムイムと同じく、樹雷の星空も空気汚染《おせん》が無く美しい。ただ少しだけ天樹周りは都市の光が影響《えいきょう》するものの、地球の最上の場所よりも遥《はる》かに美しい星空だ。そして天樹は巨大《きょだい》なクリスマスツリーのようである。百万ドルの夜景もこれには敵《かな》わない——が、それでも隣から漂《ただよ》って来る湯上がりの匂いに心はかき乱される。というより目の前の絶景が雰囲《ふんい》気《き》を更に盛り上げているようだ。そしてそれは西南だけで無く林檎も同じだった。

（落ち着いて……落ち着いて）

本人は気付いてはいないが、西南はこのところ男性としての貫禄《かんろく》、威厳《いげん》のようなモノが付いて来ている。何しろ西南程に実戦経験を積んだ者は、樹雷のような国でさえ数は少ない。ましてや比較《ひかく》的平穏《へいおん》な時代である、ここ百年以後に生まれた者達では更《さら》に数が限られるのだ。そして何より、『試《ため》しの儀《ぎ》』で夕咲にも認められた男なのである。

普通《ふつう》の男女ならこのまま勢いで結ばれそうな状態ではあるが、西南はまだ将来について決心が着いていないし、林檎だって皇眷族《けんぞく》のお姫《ひめ》様だ。ちゃんと家族にも報告をして了《りよう》承《しよう》を貰《もら》う前に契《ちぎ》りを結ぶなど、はしたない行為《こうい》なのだ。

――これはこれで悪くない。

夕咲の無茶振《ぶ》りから始まった子守《こもり》だが、幸せな時を過ごせているのは確かだ。こういう事で振り回されるのなら悪くない。隣同士で座って、ただ景色をぼんやりと眺《なが》めているのも乙《おつ》なものだ。そう考えると心は落ち着いた。

「夜の天樹も綺麗《きれい》ですね……一番上に見えるのが皇宮《おうきゆう》ですか？」

「ええ、その少し下の方が神木家皇族の住まう場所です。他の皇族宮はここからでは見えませんが、だいたい同じ高さにあります。霧恋様も今頃《いまごろ》は柾木の宮殿《きゅうでん》にいらっしゃると思いますよ」

「じゃあ樹《き》選びの儀式は無事に終わったんですね」

「ええ、霧恋様の樹は瑞輝様というお名前だそうです。明日《あした》には福ちゃんとリンクが行われると思います。それにしてもこれが未公開なのが残念です。でなければ今頃……」

林檎は天樹の方を見た。

「今頃？」

「何しろ第二世代の樹ですから、天樹のライティングと盛大《せいだい》なイルミネーションやパレードが、一週間程、通しで見られたでしょうね」

「第二世代に選ばれるというのは、そんなに凄《すご》い事なんですか？」

うっとりとしている林檎を見て西南は不思議そうに尋《たず》ねた。

「もちろんです！　我々にとって皇家の船というのは、基本的には第三世代を指します。第二世代を得られれば、樹雷皇《じゅらいおう》になる継承《けいしょう》権上位を得られます。第一世代ならば無条件で次期樹雷皇です」

「じゃあ霧恋さんも継承権を持つという事なんですか？　もしかして将来、樹雷皇なんて事も？」

「現在、第二世代の樹を持つ方は霧恋様を含《ふく》めて六名いらっしゃいますし、それに地球にいらっしゃる遥照《ようしょう》様は第一世代の樹をお持ちです。それ以前に、現樹雷皇の阿主沙様はまだお若い方ですから……ただ可能性はゼロではありません」

「……そう、ですか」

西南は霧恋が遠くに行ったように感じた。天樹の上方に一際輝《ひときわかがや》く光は皇宮だ。西南が今居る場所と柾木家の宮廷《きゅうてい》との距離《きょり》が、自分と霧恋の立場の差のように思えてならない。

「明日にはお会い出来ますよ」

西南の心情を察した林檎《りんご》は、西南の手にそっと自分の手を重ねた。

「そ、そうですね」

林檎の手の温《ぬく》もりが、あっと言う間に西南の落ち込んだ気分を霧散《むさん》させた。ちょっと無節操な感は否《いな》めないが、これもまた若さ故《ゆえ》だ。

「あっ、そういえば雨音さん達はどうなったんでしょうか？」

「それが、外との通信が遮断《しゃだん》されていて、情報が入って来ないんです。穂野火《ほのか》も口止めをされているみたいで……」

「林檎様の船が口止め、ですか？」

「皇家の樹は、マスターの生命に危険が及《およ》ばない限り、上位の樹の意志に従うのです。恐らく瀬戸様が水鏡《みかがみ》様を通して命令しているのだと思います。穂野火も面白《おもしろ》がっているみたいで……。もう！　瀬戸様ったら、穂野火に変な事ばかり教えてっ！」

林檎は怒《いか》りの形相でグッと拳《こぶし》を握《にぎ》った。

「……それは、大変ですね」

「あっ……その、でも事前の情報から推察すると、恐らく天樹の地下だと思います」

林檎は少し恥ずかしそうに握った拳を後ろに隠《かく》すと、にこやかに答えた。

「兼光様やネーネも飛ばされた事を考えると、明日まで邪魔《じゃま》をされないような場所で、しかもその状況《じょうきょう》を堪能《たんのう》出来る場所となると限られます。夕咲様とその関係者の出納記録から考えると、地下の観光アスレチックコースの可能性が高いと思います」

金銭の流れから推察する辺りが林檎らしい。しかもその予想が正解なのだから、予算を使った隠し事をするのは難しい。これもさんざん瀬戸に苦労……もとい、鍛えられた成果である。

「そこって、大丈夫な場所なんでしょうか？」

「本格的な登坂コースですが、生体強化をされているのなら、さほど難しいコースではありません。皆《みな》さんちゃんとした訓練を受けている方々ばかりですからハイキングといった感じでしょう。一番の懸念《けねん》はネージュ様ですが、兼光様が護衛に付いてらっしゃいますから問題は無いと思います。ただ登るのに少々、時間はかかりますが」

「そうですか……ならいいんですが」

「地上とはまた違《ちが》った絶景が見られますので、機会があれば西南様も行かれたら良いと思いますよ。何しろあそこは樹雷という名の由来となった場所ですから」

「へえ、それは見てみたいな……あれ？」

西南がそう言った時、天樹に点《つ》いていた明かりの大半が消えた。

「植物育成サイクル保護の為《ため》の光量制限の時間になったんです。私達もそろそろ休みましょう」

「そうですね……って」

よくよく考えれば寝室《しんしつ》は一つしかない。しかもベッドだ。

「俺は居間で寝ますから、林檎様は魅影ちゃんと福と寝室で寝て下さい。俺は毛布と枕《まくら》があれば、どこでも寝られますから」

「……分かりました。そうさせていただきます」

林檎は一瞬躊躇《いっしゅんちゅうちょ》したが、一緒《いっしょ》にベッドで寝るまで行くのは、さすがに行き過ぎだ。魅影と福を起こさないようベビーベッドを寝室に移動させ、予備の布団《ふとん》一式を西南に渡《わた》した後、鏡台の前に座って身支度《みじたく》を調《ととの》え始めた。

×　×　×

居間に戻《もど》った西南は布団を敷《し》き始めた。

「……それにしても使うのがもったいない位、凄いな」

敷き布団は真っ白でシミ一つ無い、赤ちゃんの肌着のように柔《やわ》らかでフカフカだ。掛《か》け布団は、二枚重ねの毛布くらいの厚さで、肌に面する部分は長いダウンのような起毛の布だ。そして表地には見事な樹雷文様の刺繍《ししゅう》が施《ほどこ》され、素人《しろうと》の西南が見ても高そうだと感じる品だ。きっと値段を聞けば汚《よご》したり破損させたりを気にするあまり、眠《ねむ》れなくなってしまうに違いない。

「さて戸締《とじ》まりを……って、俺達が閉じ込められてるんだっけ。でもここには魅影様も林檎様も居るしな」

西南は勢いよく立ち上がると、万が一を考え外の見回りに出かけた。

×　×　×

「……西南様？」

魅影と福の寝顔《ねがお》を覗《のぞ》き込んでいた林檎は、ふと外を見回る西南に気付いた。林檎は最初西南が散歩でもしているのかと思った。何しろここが厳重なセキュリティーを施された場所だと知っている林檎には、西南の行動の意味がすぐに理解出来なかったのだ。

しかしその行動から、西南が自分とここに寝ている魅影の為に見回りをしているのだという事に気付いたのだ。

「もしかして……」

「…………」

林檎は胸の中が熱くなるのを感じた。今すぐ西南の所へ行って抱《だ》き付きたい衝動《しょうどう》に駆《か》られた位だ……が、必死の思いで西南から視線を逸《そ》らし、寝ている魅影の顔を見て大きく深呼吸をしたのだ。

「はぁ、はぁ…………」

何とか衝動を押し殺した林檎は、西南にむけて感謝の一礼をすると布団の中に飛び込むように潜《もぐ》り込んだ。西南が守ってくれていると考えると安心すると同時に、胸がときめいて眠れない。今のこの状態が幸せで涙《なみだ》が出そうだ。とにかく眠るには心を落ち着ける必要がある。それには意識の大部分を占《し》めている西南から意識を逸らす必要がありそうだ。

そこで林檎は今期の経理状態の再チェックを始めた。いかに無駄《むだ》を省くかを考える時が最高に集中出来るのだ。ちょっと悲しい職業病だが、それをしないと駄目《だめ》な位、西南が心を支配しているのだ。経理上の幾《いく》つかの項目《こうもく》について、よい解決案が思いついた頃《ころ》、林檎は満足げな笑《え》みを浮《う》かべて眠りについたのであった——が、

「……うあ～～ん、あぎぇあ～～～ん」

寝入りばな、ミルクマークが起動した魅影が泣き始めたのである。

×　×　×

魅影がミルクを欲《ほ》しがって泣き始めたのは、西南が見回りを終えて布団に潜り、うとうとと始めた頃だった。

「……！」

ガバッと布団をはね除《の》けて起き上がった西南だったが、魅影が寝室にいる事を思い出し躊躇した。

「ミャア！　ミャア！　ミャア！」

と、そこへ血相を変えた福が居間に飛び込んで来た。西南の寝間着《ねまき》の袖《そで》を噛《か》んで、必死で引っ張る姿に、西南は福を抱き上げて寝室へと向かった。

「林檎様!?」

魅影を抱《だ》っこした林檎と鉢合《はちあ》わせをしたのは寝室から出た所だ。

「申し訳ありません、起こしてしまいましたか。魅影様がミルクを」

「ああ、じゃあ俺が取ってきます」

すぐさま台所へ向かい、哺乳瓶《ほにゅうびん》を持って寝室へと向かう。哺乳瓶をくわえた魅影は、すぐに泣き止《や》んでミルクを飲み始めた。

「寝ていて下さって構わなかったのに、お手数をおかけしました」

「ああ、いや。福が呼びに来たものですから」

「福ちゃん、魅影様が心配だったのね」

「ミィ……」

福はミルクを飲む魅影をジッと見ている。

「お姉さんにでもなったつもりなのかな？　でも福の方が後から生まれたんだから、実際は妹分なんだけど……なぁ福」

西南は福の顎《あご》を指で撫《な》でながら話しかけたが、福は魅影を見たままだ。

「クスッ……少なくとも福ちゃんにとっては、魅影様は守らなければならない存在なのでしょうね」

林檎はミルクを飲み終えた魅影の背中を優《やさ》しくポンポンと叩《たた》き、ゲップをさせた。西南は哺乳瓶《にゅうびん》を持って台所に向かおうとしたが、

「うあう！　ゔあ〰〰〰！」

魅影が西南の方に手を伸《の》ばしてグズり始めた。そして福も西南の寝間着の裾《すそ》をくわえてここに居てとばかりに必死で引っ張る。

「では私が置いてきますね」

魅影を西南に渡し、代わりに哺乳瓶を受け取った林檎が出て行こうとすると、同じように魅影はグズり始め、福は林檎の裾を引っ張り始めた。

「お風呂《ふろ》の時と同じパターン？」

試《ため》しに林檎が魅影に近付くとグズりは収まり、安心したように二人を交互《こうご》に見た。

「もしかして……夜が怖《こわ》いのでしょうか？」

「そうかもしれませんね。では魅影様が寝付くまで、ここに居て下さいませんか？」

「それはもちろん」

西南と林檎は魅影をベビーベッドに寝かせると、ベッドに座って覗き込んだ。

「あ〜〜だぅ」

魅影は嬉《うれ》しそうに笑い、西南達を見上げている。福も魅影の隣《となり》に寝転《ねころ》がると同じように二人を見上げた。お腹《なか》がいっぱいになり、安心した魅影はすぐにウトウトとし始め、ゆっくりとまぶたを閉じた。それが福にも伝わったのか、福もすぐに眠りについた。

それを確認《かくにん》した西南は、哺乳瓶を持ってそっと寝室を出ようとした……が、

「ミャア！」

弾《はじ》けるように飛び起きた福が鳴き、すぐに魅影も目を覚まして泣き始めたのだ。

「福……魅影ちゃんを起こしちゃ駄目だって」

西南は慌《あわ》てて元の場所に戻り、林檎と一緒に福と魅影をなだめ始めた。

そして十分後。再び眠りについた福と魅影を見た西南と林檎は、少し間を置いて寝室の明かりを消した。そして更《さら》に十分待ち、今度こそ大丈夫《だいじょうぶ》とばかりに、西南はソッと足音を立てないように寝室から出て行った……が、

「ミャア！」

高感度の警報装置の如《ごと》く、福が鳴き、魅影がその声で起き、泣き出してしまった。

「福……お前」

西南と林檎は困惑したように溜息を吐いた。

「分かった。もう何処にも行かないからお休み」

「ミャウ」

だがさすがに警戒《けいかい》したのか、福はなかなか寝ようとしない。それどころかベッドの中央でウロウロした後、何か言いたげな目で西南と林檎をジッと見つめた。

「……もしかして、みんなで寝ようって事？」

「ミャア！」

西南の答えが正解だったのだろう、福は満足げにシッポを振《ふ》った。もう完全に魅影のお

姉さん気取りで、魅影が泣き出す可能性を無くそうと必死だ。

「分かったわ。西南様、福ちゃんの言う通りにしましょう」

林檎はニッコリと微笑《ほほえ》むとそう言った。林檎にそう言われては、西南に異論は無い。このままでは福は眠らないし、魅影も起きてしまう。それにどう抵抗《ていこう》しようとも、ここに閉じ込められた時点で、西南と林檎は一つ屋根の下、運命は決したようなものだ。そしてそれを西南も林檎も嫌《いや》だとは思っていないのである。

このような状況《じょうきょう》を作り出したのが、周りの大人達だというのが幸いだ。それを許諾《きょだく》する者達の公認なのだから、貞操《ていそう》的な問題で林檎が非難される事も無い。もちろん何やらとんでもない方向に向かわせられつつあるのは間違《まちが》いないが、今はそれを考えても仕方のない事だ。とりあえず当面の問題は……、

（この状況で眠れるのかな？）

天井《てんじょう》知らずに高鳴って行く鼓動《こどう》であった。

7 「逃《に》げろや逃げろ！」

ほぼ垂直の天樹の絶壁《ぜっぺき》を兼光《かねみつ》が先頭になり、ザイルを固定して行く。その一本のザイルを頼《たよ》りに後続の雨音《あまね》達は登っていた。蔓《つる》や枝などの手掛《てが》かりはかなり多いが、それでも風が結構きつい。

「いいか、必ず三点で体を支えるんだぞ！」

「気象は安定しているんじゃありませんでしたっけ？」

半分自棄《やけ》といった感じで雨音が兼光に愚痴《ぐち》る。

「この時期にすれば穏《おだ》やかな方だ。雨も降ってないしな。それにきつい風のおかげで、脆《もろ》い植物は生えないから手掛かりを迷う事も無い」

「なんで私達、こんな事をしているんでしょうか……？」

リョーコは泣き出しそうな表情だ。

「上に戻ったら、絶対奥さん、ぶん殴《なぐ》るっ！」

「ハッハッハ！　その意気だ！」

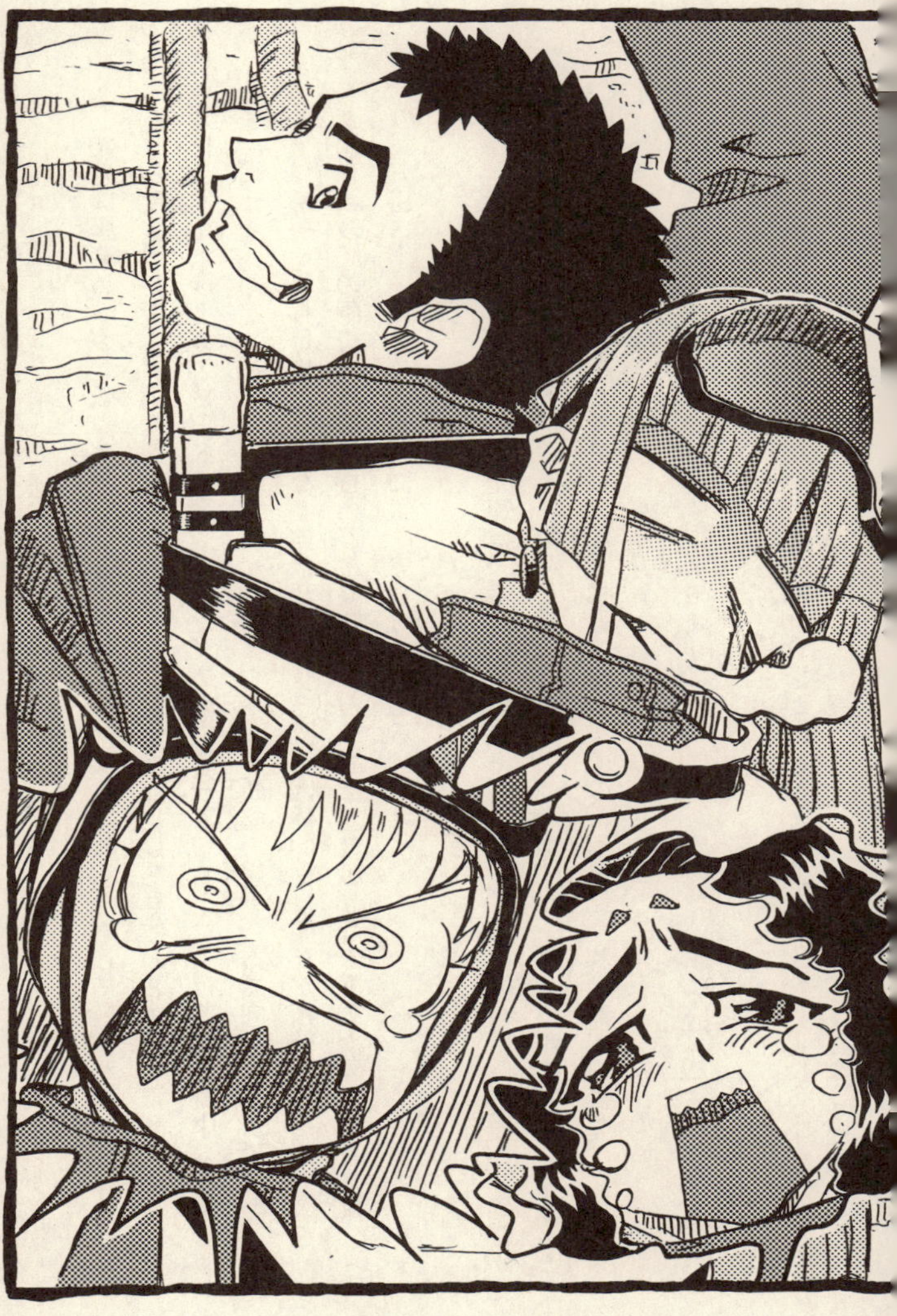

兼光は爆笑《ばくしょう》しつつ、風や高所をものともせずに、まるで散歩でもしているかのようにするすると登って行く。雨音達も兼光の補佐《ほさ》と高度生体強化した身体《からだ》のおかげで、ベテランのクライマー以上のスピードで登っていた。その中で一人、ネージュは兼光の背中の背負《しょい》子《こ》に載《の》せられ固定されているが、何せ数千メートルの断崖《だんがい》の崖下《がけした》の方を向いたままの姿勢の上、手掛かりも足掛かりもなく宙に浮いた状態だ。肉体的には楽だが精神的には拷問《ごうもん》のようなものだ。最初こそ景色を楽しんでいたネージュだったが、百メートル辺りで目を瞑《つぶ》り、五百メートルを超《こ》えついに気を失ったのである。

登り始めて約五時間後、兼光達は一番の難所を越《こ》え、ようやく人心地《ひとごこち》つける場所へと到達《とうたつ》した。ここから先は上手《うま》く入り組んだ植物群を縫《ぬ》い、クライミングが必要な場所はほとんど無い。もちろんそれなりに急坂ではあるが今までの行程と比べれば雲泥《うんでい》の差だ。

「あ～～～～気持ちいい」

雨音達は大きな洞《うろ》の中で、小さな泉の周りに座って休んでいた。涼《すず》しい風と素足《すあし》を浸《つ》けた冷たい水が心地良い。

「幸い、蟻《あり》の姿は見なかったが、念の為《ため》に食事が終わったらすぐに出発しよう……ん、巫《み》女殿《こどの》はまだ戻《もど》っていないのか？」

兼光がふと辺りを見回すと、ネージュの姿が無い。ここへ到着《とうちゃく》して目を覚ました後、ネーネと火煉《かれん》と一緒《いっしょ》に身なりを整える為に少し移動したのだ。

「まだ十分程度でしょ？　女の子は身だしなみを整えるのに時間がかかるものなのよ」

雨音はシレッと言ったが、実は兼光の背中で絶叫《ぜっきょう》マシン顔負けの恐怖《きょうふ》体験をしたネージュは、ちょっと粗相《そそう》をしてしまったのだ。

「少し様子を見て来るとするか……」

「ちょっと待った！　ネーネと火煉も一緒なんだから大丈夫だって」

雨音はネージュ達が向かった方へと行こうとした兼光を慌てて止めた。

「だが……」

雨音の慌てっぷりに、不思議そうな顔をした兼光だが、護衛の立場上、明確な理由も無く長時間姿が見えないままにしておく訳にも行かないのだ。とはいえ、雨音も理由を説明する訳にも行かない。

「では私が様子を見て参りましょう」

珀蓮《はくれん》がそう言って立ち上がった時だった。

——キャアアアア！

少し離《はな》れた場所からネージュの悲鳴が聞こえたのだった。

×　×　×

「なんなんだ、あれっ！」

「私に訊《き》かないでくださいっ！」

雨音達は休んでいた時の着崩《きくず》れした格好のまま、巨木《きょぼく》に螺旋《らせん》階段のように巻き付いた蔓を必死の形相で駆《か》け上っていた。その原因は後方にいる無数の赤い目を持つ巨大な蟻だ。移動スピードは雨音達の方が速いが、蟻達は所構わず移動が出来る為、最短距離《きょり》で追いかけて来ているのである。

「あれが出発前に話していた介護蟻《かいご》です！」

「じゃあ肉食じゃないんですか？」

珀蓮からそう聞いた雨音達の緊張《きんちょう》が少し緩《ゆる》む。肉食とそうではない生物とでは、必死度は低い。とはいえ逃げるスピードはそのままだ。

「でも捕《つか》まったら、一生介護蟻の巣で三食昼寝《ひるね》つきの生活ですけどね」

「良いんだか悪いんだか分かんねえなぁ……」

「利点は結構多いですよ。介護蟻の名前通り、一人に必ず二～三匹程《びきほど》付きっきりで至《いた》れり尽《つ》くせりで世話をしてくれます。彼らが分泌《ぶんぴつ》するジェル状の蜜《みつ》が食事になるのですが、これがまた栄養豊富な完全食で、一つ難点を挙げるとすると、かなりお通じの量が増えるらしいんです。まあ、これは彼らの習性を考えれば、納得《なっとく》は出来ます。過去、介護蟻の生態調査をした学者は、このまま蟻と住むのも悪くないと思ったそうですから」

「何か必死で逃げてるのが悪い気がしてきたわね……」

「現在の我々の医療《いりょう》技術なら、老化の諸問題への対応は完全ですが、もし樹雷《じゅらい》に初期段階以前の文明が在《あ》ったとすれば、老後の介護システムに組み込まれていたかもしれません」

「体《てい》の良い姥《うば》棄《す》て山だな……んで、悪い点は？」

「病気や怪我《けが》……それに娯楽《ごらく》の問題でしょうか？　後、若い人ですと子供を作らさせる為に興奮作用のある物質が食事に混ぜられるそうです」

「んじゃ頑張《がんば》って逃げよう！」

雨音達の天秤《てんびん》が逃げる方へと傾《かたむ》いた。

×　　×　　×

「ったく何で連中、あんなにしつこいのよっ!?」

雨音達はかれこれ二時間以上は逃げ回っていた。介護蟻達は結構大規模な狩《か》りを行っていたらしく、逃げ切ったと思うとすぐさま別の群れに遭遇《そうぐう》するといった有様だ。

「ちょっと兼光様！　脅《おど》して追《お》っ払《ぱら》う事は出来ないんですか？」

「あれは益虫指定されているからな。理由も無く傷付ける事は許されておらん」

「今この状況は理由にならないんですかぁ!?」

「連中がしつこい理由がこっちにあるからなぁ……」

兼光は理由を知ってか、少し気まずそうだ。

「じゃあその理由ってのを無くせば追いかけて来ないんですか?」

「まあ追撃《ついげき》が緩むかも、程度だが……」

「やらないよりやった方が良いでしょ!」

「巫女殿の尊厳に関《かか》わる問題だからな。俺の判断ではどうにも」

「ネージュの尊厳?……あっ」

そこまで聞いて雨音はその理由に気付いた。介護蟻達は動物の糞尿《ふんにょう》を肥料に主食のキノコを栽培《さいばい》する。つまりネージュの粗相の匂《にお》いに反応しているのだ。だからネージュの下着を脱《ぬ》がせて――という事である。

「………」

命の危機ならばいざ知らず、さすがに雨音達もそれを実行しろとは言えない。

「あの先に見えてるのが居住区のゲートだ。そこまで行けば追っては来んよ」

「あそこって、まだ随分《ずいぶん》あるように見えますけどっ!」

「そうだな。このスピードなら後、一時間って所だな」

「冗談《じようだん》でしょ？」

「ハッハッハ！　おかげで予定より早く着けるんだから、いいじゃないか」

「明日《あした》は確実に筋肉痛だぁ」

　さすがに高度生体強化をしているとは言え、これだけの長時間の全力運動はきつい。既《すで》に荷物は全《すべ》て放棄《ほうき》した。だが兼光はネージュと、生体強化レベルが低く既に力尽《つ》きたリョーコを背負って尚《なお》も元気一杯《いっぱい》だ。

「……なあなあ、樹雷って女が頭脳労働、男が肉体労働する傾向《けいこう》にある意味って、こういう事？」

　雨音は隣《となり》を走る火煉にそっと囁《ささや》いた。

「個人差はありますが、男性闘士《とうし》の戦闘力と体力は桁違《けたちが》いに凄《すさ》まじいですから」

「適材適所って訳だ」

　雨音は呆《あき》れたように呟《つぶや》いた。

　結局三十分後、限界に達した雨音を背負って、兼光はゲートまでの距離を難なく走り切ったのであった。

「勝てる！　これで勝てるな、艦長《かんちょう》」

ダ・ルマーは興奮気味に叫《さけ》んだ。彼の目の前の大型ドックには、以前よりも一層派手に改造された運呼が停泊《ていはく》していた。その姿はまさに宝船、或《ある》いは『ねぶた』のようであり、とても海賊《かいぞく》戦艦には見えない。しかしそれはダ・ルマーギルドがその威信《いしん》をかけ、考え得る最高の技術で造られた戦闘艦なのだ。

「もちろんだ、社長！　御守《おまも》りやお札の類《たぐい》は勿論《もちろん》、各種パワーストーンやジンクスを徹底《てってい》的に吟味《ぎんみ》搭載《とうさい》した、最強の幸運艦だ！」

「まさにてんこ盛り、じゃのう」

「そうっ！　てんこ山盛り運呼です！　ワハハハハ～～～～ッ！」

肩《かた》を組み笑い合うダ・ルマーと静竜《せいりょう》の後ろでコマチは複雑そうな表情をしていた。その理由の一つはもちろん目の前の運呼だが、コマチの視線の先にはブリッジの様子を映したモニターがあった。

「ではダ・ルマー様、艦長。出航準備の様子をチェックして参ります」

コマチはそう言うと、ダ・ルマー達の返答も聞かずに一礼し、足早にその場を立ち去った。

×　×　×

「出航準備の進捗《しんちょく》具合はどうだ？」

ブリッジに入るなりコマチはバリーに声をかけた。今やオペレーターの主任格はアランからバリーかコーンに移っていたのだ。今はコマチが居る為、溌剌《はつらつ》とした態度で仕事をしているが、先程監視《かんし》モニターに映っていた時のアランは、不満げな表情で怠惰《たいだ》な作業をしていたのだ。

「後、一時間程で出航準備が整います」

「そうか。……では私は他を見回ってくるから後は任せる」

コマチはそう言うと視線をブリッジ後方の客席に座る舞八《まや》に向けた。

「ついでだから艦内を案内しよう。付いて来なさい」

「はい」

舞八は優雅《ゆうが》に立ち上がるとコマチの後を追いブリッジから出て行った。

「おい、アラン。どこへ行くんだ？」

二人の後を追うように立ち上がったアランを不審《ふしん》に思ったのか、バリーは作業をしたまま声をかけた。

「トイレだよ。トイレ！　そんな事までいちいち報告しなきゃならないのか？」

「少し前に行ったばかりだろ？」

「さっきのは小で今度は大なんだっ！」

「覗《のぞ》き見がバレたら今度こそ、この艦を降ろされるぞ」

視線はモニターを見つつ、バリーはシレッと言った。

「なっ⁉　そそそ、そんな事する訳無いだろ……漏《も》れそうなんだっ！」

アランはお尻《しり》を押さえると、ブリッジから逃《に》げるように飛び出して行った。

「せめてブリッジのトイレに行く位のフリはしたらいいのに」

「それ以前にバレバレだけどな」

それまで黙《だま》っていたコーンがチラッとバリーを見た。が、アランの呪縛《じゅばく》から解かれつつあった二人はそれ以上興味を持つでも無く、仕事を再開した。

×　　×　　×

「それで私に何のご用でしょうか？　コマチ副長殿」

「舞姫《まいひめ》ともあろうお方が、わざわざ戦闘艦に乗ろうなんて、随分酔狂《ずいぶんすいきょう》な事だな……と思ってね。何が目的なんだ？」

「これも芸の肥やし、と言えば納得していただけますか？」

「あんたの母親にでも言われたのか？　だったら私の権限で降りるように言ってやるから出航準備が整う前にここから……」

「私は私の意志でここに居ます。それは姉様も同じでしょう？」

「!?」

コマチは一瞬《いっしゅん》、驚《おどろ》いたような顔をしたが、すぐに大きく息を吐《は》いた。

「と、言う事は母様も私がここに居るとご存じなのか？」

「もちろんですわ。子舞一《こまち》姉様」

「結局、私はあの人の掌《て》からは出られないのか……」

コマチは腕組《うでぐ》みをし、脱力《だつりょく》するかのように壁《かべ》にもたれ掛《か》かった。

「もっとも、舞貴妃《まきひ》という偉大《いだい》なる母親の長子として生まれた事のプレッシャーに耐《た》えきれずに家出した娘《むすめ》が、母親の思惑《おもわく》を超《こ》えようなど、有り得ないという事か」

「母様曰《いわ》く、それもまた貴重な経験だと」

「芸の肥やしという訳か……誰《だれ》だ!?」

その時、廊下《ろうか》の曲がり角に気配を感じたコマチは叫んだ。と、したり顔で現れたのはアランである。

「ちっ！」

しまったとばかりにコマチがアランから視線を逸《そ》らす。その態度がアランの自信に拍車《はくしゃ》をかけた。

「ヘッヘッヘ……なかなか面白《おもしろ》い話を聞かせていただきました。さてどういたしましょうかねぇ、ヘッヘッヘ」

「何をお望みですか？」

「舞八っ……!?」

舞八はにこやかにコマチを制し、アランに近付いた。

「これは話が早くて助かります。何この際贅沢《ぜいたく》は申しませんよ。まずはこの不愉快《ふゆかい》な首輪を外して、レセプシーに亡命をさせていただけるだけで……ヘッヘッヘ」

「分かりました」

「おおっ!?」

舞八の言葉にアランは幸福の絶頂といった顔だ。

「ではまず、貴方《あなた》様がどういった芸能をお持ちなのか見せていただけませんか？」

「えっ？　芸能？」

勝ち誇っていたアランは、舞八の意外な返答に呆気にとられた。

「はい。レセプシーに亡命を希望なさるのでしたら、私共が納得《なっとく》する芸能をお持ちでないと受理する事は出来ません」

「ちょっと待て！　さっきの話を内緒《ないしょ》にする代わりって意味に決まっているだろ！」

「姉様……先程《さきほど》の話にそれだけの価値があったのでしょうか？」

舞八は不思議そうな表情で後ろにいるコマチに尋《たず》ねた。

「母様に私の居所がバレている段階で、無くなったも同然だからな。まあ舞貴妃の娘だったという、多少の好奇《こうき》の目を我慢《がまん》すれば済む事だ」

「お、俺を騙《だま》そうったってそうは行かないぞ！」

「なら今すぐブリッジに戻《もど》って話して来るといい。止めはせんよ。だが出航前のこの大事な時に、お前が職場放棄をした事実に関しては、見過ごす訳には行かないがな」

コマチはポキポキッと指を鳴らしてアランを睨《にら》んだ。

「レッ、レセプシーの舞貴妃の娘が家出をして、しかも海賊《かいぞく》をしているなんて知られても良いのかっ？」

「レセプシーには色々な方がいらっしゃいます。金持ちも貧乏《びんぼう》人も、男も女も、泥棒《どろぼう》もペテン師も大量虐殺《ぎゃくさつ》者もです。海賊だったというだけでは、さほどセールスポイントにはなりませんわ」

「だいたいその海賊であるダ・ルマーギルドが今の客なんだがな」

「!!」

アランの脅《おど》す理由は無くなり、アドバンテージも消え失《う》せた。

「レッ、レセプシーは亡命者を無条件で受け入れてくれるんですよね？」

「バカかお前は……」

亡命というのは少なくとも、レセプシーの艦内に入り、ギルドが手を出せない状況《じょうきょう》になって初めて意味のある言葉だ。

「幸運艦の中に居て、しかも私の目の前でよくもまあベラベラと……」

「アラン様……私共も、不必要に外部との軋轢《あつれき》を望んでいる訳ではありません。しかしただ一点、先程も申したように、私共が心底欲《ほ》しい、そう思わせる芸能の持ち主であれば、その軋轢も関係無くなりますわ」

「げっ、芸なら覚えます！　必死で覚えます！」

「未確定の未来に期待をしろと？……でもまあ姉様の同僚《どうりょう》の方ですから、特別に才能を見《み》極《きわ》められる者に見て貰《もら》いましょう」

「あああっ、ありがとうございます！」

アランは土下座をして擦《なす》り付けるように頭を床《ゆか》に付けた。

「舞十《まいと》、ちょっといい？」

舞八がどこかへ通信をすると、すぐに舞十がモニターに映し出された。

「舞十、この方をどう思いますか？」

だが舞十はアランを一瞥《いちべつ》しただけで首を横に振《ふ》った。だが……、

『こっちの女の人！』

コマチを見て、そう舞十は嬉《うれ》しそうに言ったのだった。

『舞八姉様、この女の人、凄《すご》く良いよ』

「ありがとう、舞十。………だ、そうです」

モニターを閉じた舞八は、コマチを見て吹《ふ》き出しそうなのを堪《こら》えつつ言った。コマチがレセプシーを出たのが舞十の生まれるずっと前だったので、舞十はコマチが姉だとは知らないのだ。

「……あの子は見える、のかい？」

「ええ」

舞八は大きく肯《うなず》くとアランの方を見た。

「アラン様。残念ですがレセプシーは貴方様を必要とはいたしません」

「そんなっ!? あんな子供に俺の何が分かると……」

「彼は私の弟、舞貴妃の息子《むすこ》です。そしてあの子には人の才能が見えるのです。あの子が良いと言えば、その者は破格の待遇《たいぐう》でスカウトされるのです」

「……しっ、下働きでも構いません！　何でもしますからお慈悲《じひ》をっ！」

「もしそこまでレセプシーで働きたいのでしたら、借金を返してから、またご相談下さい。そうすればレセプシーはアラン様を受け入れるでしょう」

「今じゃなくてはダメなんです！　どっ、どうかお慈悲をっ！」

コマチは舞八の足に縋《すが》り付こうとするアランの首根っこを捕《つか》まえた。

「お前が職場放棄《ほうき》をした件は見逃《みのが》してやる。このままブリッジに戻って真面目《まじめ》に仕事をするか、それとも幸運艦《かん》クルーをクビになるか、今すぐに決めろ！」

「ヒイッ！　もももも、戻りますっ！」

コマチが手を放した途端《とたん》、アランはまるでチョロＱのようにブリッジへと走り出したのである。

「お帰りなさ〜〜〜〜い」

介護蟻《かいごあり》から逃げ切り、居住区へと辿《たど》り着いた兼光達を迎《むか》えたのは夕咲《ゆうざき》だった。

「！」

雨音は元凶《げんきょう》である夕咲を睨み付けたものの、夕咲を引っぱたく体力はおろか立ち上がる事すら出来ない状態だ。リョーコは気を失ったままで、ネージュは精神的に虚脱《きょだつ》状態、珀

蓮達も直立不動の体勢を維持《いじ》しているものの息が荒《あら》く、足が震《ふる》えている。そして……、

「じゃあネーネ。上で林檎《りんご》ちゃんが待っているからすぐに行きなさい。藤堂《とうどう》も一緒《いっしょ》だから文句を言うといいわ」

「はいっ！」

まだ体力に余裕《よゆう》があるネーネは、すぐさま転送ゲートへと突進《とっしん》して行った。

「次に珀蓮ちゃん達は、霧恋殿《きりこどの》の所へ手伝いに行くように」

「了解《りょうかい》しました」

珀蓮達は夕咲に敬礼し、兼光と雨音達に一礼すると、少しヨロけながら転送ゲートへと向かった。

「大変だったわね」

珀蓮達が転送されたのを見送り、まるで他人事《ひとごと》のように夕咲は雨音に微笑《ほほえ》みかけた。

「他人事みたいに言うな！」

「まさか介護蟻が出て来るなんて思いもしなかったのよ。あの場所って結構人気のアスレチックコースでね。環境保《かんきょう》全の為《ため》の人数制限があって、他の星の人達は滅多《めった》に予約が取れないの」

「そりゃ景色は抜群《ばつぐん》でしたけれどねっ！」

「まあ無事で何よりだわ。守蛇怪《かみだけ》の接合テストまでには少し時間があるから、それまで休むといいわ」

「ちょっと待て！　せめて一発引っぱたかせ……」

必死で伸《の》ばす雨音の手が、スイッチが切れたようにぱたんと落ちた。いつの間にそこに居たのか、夕咲の女官《にょかん》が雨音のお尻《しり》に太い注射器を当てていたのだ。そして他の女官もリョーコとネージュに同じように注射をした。

「あなたもいかが？」

仏頂面《ぶっちょうづら》でそれを見ている兼光に夕咲は微笑みかけた。が、兼光は首を横に振った。

「あの程度でナノマシンの世話にはならんよ。それよりも魅影《みかげ》は無事なんだろうな？」

「もちろん、しっかり面倒《めんどう》を見てくれたわよ。林檎様にもそれなりの収穫《しゅうかく》があったし、いろいろと楽しませていただいたわ」

「楽しむと言っても、真面目な者同士だろ？」

「それが良いのよ。それに林檎様の『おしめ』ネタは秀逸《しゅういつ》だったわ」

「おしめ？　ってもしかしてあれをやったのか⁉　林檎様が？　そりゃまあ……確かに絶好の機会だが……」

「すぐにネタばらしをしたのが残念だったけどねぇ」

「彼女が冗談《じょうだん》のネタフリしただけでも驚《おどろ》きだ。まあいい……それよりもこちらの埋《う》め合わせはしておけよ」

兼光は、棺桶《かんおけ》に似た木箱に入れられようとしている雨音達を指しながら言った。

「分かっているわ」


「はいはい、こっちよ」

「瀬戸《せと》様!?」

柾木《まさき》家の宮殿《きゅうでん》へ到着《とうちゃく》した珀蓮達は、職員用出入り口で、いきなり瀬戸の出迎《でむか》えを受け面食らっていた。何しろそこは皇族がうろつくような場所では無いからだ。しかしそんな事はお構い無しとばかりに、瀬戸は珀蓮の手を摑《つか》んで駆《か》け出した。

「ほら！　貴女《あなた》達も急いで！」

瀬《せ》戸に急かされ、他の三人も慌《あわ》ててその後を追った。

「瀬戸様、一体何事でしょうか？」

「霧恋ちゃんの機嫌《きげん》が悪くてね、困っているのよ」

「霧恋様の？……もしかして西南《せいな》様の件ですか？」

一瞬《いっしゅん》、何事かと思ったが、すぐに珀蓮は西南と林檎の事だと察した。

「しかし私達もいきなり夕咲様に地下に転送させられましたし……。詳《くわ》しい事情でしたら夕咲様か西南様、林檎様ご本人からお聞きした方がよろしいのでは？」

「詳しい事情なんか聞かせたら、それこそ大変よ！」

「なるほど。そのような事が起こったという事ですか？」

明らかに珀蓮達は少々不機嫌そうに立ち止まった。

「……あっ」

瀬戸は思わず、しまった、とばかりに顔をしかめた。

「お願いだから貴女達まで面倒事を起こさないでちょうだい。何かあったと言っても、貴女達だって通って来た道よ。魅影ちゃんのお世話で、食事をしてお風呂《ふろ》に入って一緒に眠《ねむ》った程度よ。あの西南殿《どの》と林檎ちゃんなんだから、男女の関係まで行く筈《はず》無い事は分かるでしょう？」

「でも二人っきりというのはありませんでした」

今まで表情には出さなかったが、珀蓮達も不満に思っていたのだ。

「福《ふく》ちゃんも居たんだから」

「あんなマネをせずとも、事前に説明をして下されば協力はいたしました。霧恋様も、それ位の事はお分かりの筈では？」

「分かっていても仕方ない事だってあるのよ。貴女達だってそうでしょ？」

手を合わせて頭を下げる瀬戸を見て、少しは珀蓮達の溜飲《りゅういん》は下がったようだ。

「……それで、私達に何をせよと？」

「夕咲では上から押さえつける事になるし、林檎ちゃんと西南殿では火に油を注ぐようなものでしょう？　だから夕咲の被害者《ひがいしゃ》同士、ちょっと発散をさせて欲しいの」

「ではこの件は瀬戸様への貸し、という事でよろしいでしょうか？」

「ええ、もちろんよ」

瀬戸は安堵《あんど》したように再び歩き出した。

×　　×　　×

「失礼します」

ノックをし、室内に入った珀蓮達は、霧恋を見て瀬戸が何故《なぜ》あれ程《ほど》必死で自分達を連れて来たか得心が入った。

「…………」

霧恋は無言のままジッと鏡を凝視《ぎょうし》し、メイクの女官達があれやこれやと霧恋の顔をマッサージしていた。しかし女官達が手を放すとツルツルだった眉間《みけん》にあっと言う間に皺《しわ》が寄るのだ。

「……今朝からあの状態でね」

「あれはワザとでは……無いのですよね」

ソッと瀬戸に尋《たず》ねる。

「本人は違《ちが》うと言っているのだけれどね。医者の話だと、夕べからいろいろと緊張《きんちょう》の連続だったストレスだろうって」

そう言いながら瀬戸はポンッと珀蓮の背中を押した。

「……霧恋様、只今《ただいま》戻りました」

「………………」

霧恋は無言のまま横目で見つめる。というより睨《にら》んでいる感じだ。どう考えてもふて腐《くさ》れているようにしか見えない。

「本当にワザとでは無いのですか、霧恋様？」

「………………」

珀蓮の問いに霧恋は無言で珀蓮達の全身を舐《な》め回すように見つめた。表向きは平然としているが、彼女達を良く知る者が見ればかなり疲労《ひろう》しているのが分かる。

「……雨音達は？……まあ、貴女達がその様子では、まともに足腰《あしこし》立たない状態なのでしょうけど」

少しは気が紛《まぎ》れたのか、霧恋の眉間の皺が少しだけ緩《ゆる》んだ。

「はい。しかし私共は先にこちらに参ったので、その後、雨音様達がどうされてるのかは存じ上げませんが……？」

と、入り口の方面がざわついているので、珀蓮達と霧恋がチラッと見ると……。

「!?」

そこに運ばれて来たのは棺桶に入れられた雨音達だった。表に『回復中』の張り紙が張ってある。さすがに霧恋も啞然《あぜん》となっている。

「……箱詰《はこづ》めが定番ネタと化していますね。とにかくこういう次第《しだい》です。ちなみにもう御ひと方、ネーネ殿がご一緒でしたが、彼女は今頃《いまごろ》、林檎様の執事《しつじ》の藤堂殿に苦情を言っている頃《ころ》かと思います。もしご希望でしたら、私共もお供いたしますので、夕咲様の所に苦情申し立てに参りますか？　それとも林檎様か西南様を問い詰《つ》めに参りますか？」

「……ふう」

霧恋は脱力《だつりょく》したかのように大きく溜息《ためいき》を吐《つ》いた。西南と林檎の件について、周りに蔑《ないがし》ろにされたのが自分だけでは無かった事を確認《かくにん》したのと、雨音達の箱詰めがショック療法《りょうほう》となったのとで、霧恋の眉間の皺はすっかり無くなっていた。

「霧恋様。この度は、第二世代の樹《き》のマスターになられたそうで、本当におめでとうございます」

その場の雰囲気《ふんいき》が正常に戻《もど》ったのを見計らい、珀蓮達は揃《そろ》って祝辞を述べた。

「ありがとう」

霧恋がお礼を言うと、控《ひか》えていた女官達が脱兎《だっと》の如《ごと》く飛び出し霧恋の周りに集まって身《み》支度《じたく》を始めたのであった。


「だぁ～～～あぁう」

少し朝食を済ませた西南達は居間で魅影をあやしつつ、天樹の景色をぼんやりと眺《なが》めていた。早朝にミルクを欲《ほ》しがった魅影に合わせて、少し早いが西南達も朝食にする事にしたのだった。

結局、あまり睡眠《すいみん》をとる事は出来なかったものの、天樹の朝日に照らされた姿を見る事が出来たのは収穫だ。以前も林檎の案内で飛行しながら天樹の夜明け姿を見たが、朝の爽《さわ》やかな空気に触《ふ》れ、もっと近い位置で見たそれは、また格別の美しさがある。

「……ん、ん～～～っ！」

「魅影様は私が見ていますので、加速空間で少しお休みになったらいかがですか？」

林檎は大きな欠伸《あくび》をした西南に言った。だが林檎もあまり眠れていない事を知っている西南は首を横に振《ふ》った。

「いえ、大丈夫《だいじょうぶ》です。あまり加速空間は使いたくないんです」

加速空間を使うのに慣れ過ぎると、実は色々な弊害《へいがい》がある。その一番深刻なのが依存《いぞん》と引き籠《こ》もりだ。加速空間でなら長時間遊ぼうとも、表向きには通常の生活が可能であるが故《ゆえ》に、加速空間での滞在《たいざい》時間がどんどん長くなり、ついには表の生活にまで影響《えいきょう》を及《およ》ぼすのである。これは思考加速でも同じだ。精神にも老化というものがあり、それは肉体にも影響を及ぼし、身体《からだ》に異常を来したり最悪は突然死《とつぜんし》という事例も数多くあるのだ。西南は仕事柄《しごとがら》、時間調整の為《ため》に加速空間を使う事も多いし、何よりも地球人だった時の年齢《ねんれい》感覚にまだ根強く支配されているので、日常ではあまり使わないようにしているのだ。

「分かりました。ではお茶でも淹れて来ますね」

そう言って林檎が立ち上がった時、

――ピンポ〜〜ン。

と玄関《げんかん》の呼び鈴《りん》が鳴ったのである。

「！」

西南と林檎は同時に立ち上がり、魅影を抱《かか》えて玄関に向かった。

「おはよう」

そこに立っていたのは夕咲と思いきや、何と船穂《ふなほ》であった。文句を言おうと意気込んだものの、樹雷皇妃《じゅらいおうひ》を目の前に西南と林檎はその場に立ちすくんだ。

「あ〜〜きゃあぃ！」

一人、魅影だけが船穂を見て嬉《うれ》しそうに笑っている。

「あらあら魅影ちゃん、元気そうね」

「ふ、船穂様……何故ここに？　夕咲様は？」

「夕咲殿《どの》は雨音さん達の出迎えに行ってますよ。本来なら最初にこちらに来る予定だったのだけれど、雨音さん達が意外と早く到着したのでね。それで手の空いていた私が替《か》わりに来たの」

「手が空いていたからと言って……船穂様が、ですか？」

立っている者は親でも使え、とは言うものの、それがこの星で一番偉《えら》い女性ではさすがに大胆《だいたん》過ぎだ。

「私がどうしてもあなた方の様子を見たいと言って、無理にお願いしたの。でもここへ来て正解だったようね」

船穂は西南達の様子を見て満面の笑《え》みだ。

「ああ、二人共そのままでね」

そう言うと船穂はスチール画撮影《さつえい》用のモニターを起動した。

「はい笑って」

ごく自然にそう言われ、反射的に西南と林檎はニッコリと笑った。

「ありがとう。二人共お似合いよ。まるで若夫婦《わかふうふ》みたい」

「!? 船穂様!」

西南と林檎は同時に真っ赤になってしまった。で、カチャリっとそのチャンスを逃《のが》さず船穂は写真を撮《と》る。

「きゃぁあぃい、ぁう〜〜っ」

「ミャアミャア!」

二人の様子が楽しかったのか、魅影が嬉しそうに笑い出し、福も西南の頭の上でピョンピョン跳《は》ね回る。その様子を船穂はもう一枚。

「林檎殿、私にも魅影ちゃんを抱《だ》っこさせて下さいな」

「あっ! はい」

船穂は林檎から魅影を受け取ると、魅影の身体を小さく揺《ゆ》すってあやし始めた。母性の固まりのような船穂に赤ちゃんは実に様になる。林檎が新米ママさんならこちらは大ベテランといった風格だ。構図としては若夫婦の所に来た姑《しゅうとめ》といった所だが、外見上は林檎の姉といった感じだ。

「うあ～～～ぃぃ」

「あらあらお寝《ね》むなの？」

はしゃぎ疲《つか》れたのか、朝早くに起きていたせいか、はたまた船穂の抱っこが心地《ここち》良かったのか、魅影は大きな欠伸をしてうつらうつらとし始めた。

「船穂様」

いつのまにか船穂の後ろには昨日、西南達を案内して来た女官《にょかん》と、もう二人、合計三人の女官が控えていた。それは魅影との別れの時が来たという事だ。

「西南様、林檎様この度《たび》はいろいろとご迷惑《めいわく》をおかけいたしました。いろいろと取り込んでおりますので、夕咲よりの謝罪とお礼の挨拶《あいさつ》は後ほどいたしますので、なにとぞご容赦《ようしゃ》下さりますよう、お願い申し上げます」

女官達は深々と礼をした。

「大丈夫ですよ。俺も楽しかったですから……とにかくこれで肩《かた》の荷が下りました」

「ミャア？」

その空気を察した福は不安げに西南を見た。

「福、お仕事の時間だ。魅影ちゃんにさよならを言いなさい」

西南は福を抱《だ》きかかえ優《やさ》しく撫《な》でた。

「ミィ……」

「また会えるから」

「……ミャア」

福は小さく肯《うなず》いて魅影の方を見た。西南は福を抱いてそっと女官に抱っこされた魅影へと近付いた。

「ミャア」

福は魅影の寝顔を覗《のぞ》き込み、起こさないよう気をつけながらそっと魅影の鼻に自分の鼻をくっ付けた。

「さようなら、魅影ちゃんまたね」

西南も魅影に挨拶をすると、ゆっくりその場から離《はな》れた。

「船穂様、私は後片付けの手伝いをしますので、お先にどうぞ」

「あら、どうしたの？」

「恐《おそ》らくネーネが面倒《めんどう》な事になっていると思いますので……」

「ああ、なるほどね。では行きましょう」

船穂は納得《なっとく》したように肯くと西南に微笑《ほほえ》みかけた。

「西南様、少々お持ちを。夕咲より魅影様へのダイレクト通信の許可が出ましたので、アドレスを」

先程《さきほど》どこかとやり取りをしていた女官の一人が西南に声をかけ、モニターを操作した。

すぐに福の目の前にアドレスモニターが起動し、それが福の額のクリスタルに吸い込まれた。

「良かったね。これでいつでもお話し出来るよ」

「ミャア！」

少し沈《しず》んでいた福の表情がパッと明るくなる。

「フフッ。では行きましょう」

林檎と女官の礼に見送られ、船穂と西南と福は転送ゲートへと向かった。

×　　×　　×

移動の道中、福は船穂に抱っこされて甘えていた。

「女官の娘《こ》達が騒《さわ》いでいたのも分かるわ。本当に人懐《ひとなつ》っこい子ね」

「でも今の福の甘え方は、いつも一緒《いっしょ》に居る霧恋さん達のような、特に親しい人達にするような甘え方です」

「あら、そうなの？」

「多分、船穂様が霧恋さんや天地《てんち》先輩《せんぱい》と繋《つな》がりのある人だって分かるんだと思います」

以前は緊張《きんちょう》していてよく分からなかったが、今日は間近で、しかもかなりプライベートな雰囲気で船穂の様子を見ていた西南は、その雰囲気やふとした仕草が、本当に天地達とそっくりだと感じていたのだ。

「そうなの、おチビちゃん？」

「ミャア」

船穂の、まさに慈愛《じあい》に満ちた眼差《まなざ》しと優しい声に、福はトロンとした目で見上げた。

「そう……嬉しいわ。でもちょっと残念」

柾木家宮殿《きゅうでん》の玄関を入ったエントランスで船穂は立ち止まった。そこに居た使用人や女官達が一斉《いっせい》に西南と船穂に深々とお辞儀《じぎ》をした。

「私はこれから公務なの」

船穂は福を西南に手渡《てわた》すと優しく福の頭を撫でた。

「上で皆《みな》さんが待ってるわ。霧恋ちゃんの晴れ姿を見てあげてね」

「は、はい。わざわざ迎《むか》えに来ていただいてありがとうございます」

「いいのよ。私達、家族なのですもの。そうでしょう？」

GP

「は、はい」

「それに面白《おもしろ》い物も見られましたしね」

ニッコリと微笑むと、船穂は出迎《でむか》えていた幾人《いくにん》かの女官や護衛闘士《とうし》達を伴《ともな》い、中央の通路を去って行った。それを見送り西南が視線を移動させたのを合図に、一人の女官が近付いて来た。

「西南様、どうぞこちらへ」

×　×　×

「よう西南……夕べはお楽しみでしたね」

大広間に通された西南を見た雨音は、やさぐれた様子で言った。

「ミヤア!」

福は雨音達を見て西南の肩から飛び出して行き、次々と雨音達の身体に登って親愛の情を示した。

「……福……今日はお前のテンションが辛《つら》い」

雨音もリョーコもゲッソリとした顔で福の頭を軽く撫でただけだ。

「福ちゃんは楽しかったみたいね」

ネージュは福を抱っこして頬擦《ほおず》りをしたが、やはり少し疲れ気味だ。

「あの……大丈夫《だいじょうぶ》ですか？」

「大丈夫なように見える？」

「……いえ。ところで珀蓮さん達は？」

「霧恋の所。さすがに少しは堪《こた》えていたみたいだけど、私らより元気なもんだよ……さすがあのクソババアの部下」

「そうですが、無事で良かった」

「西南は良いよなぁ。林檎様と二人っきりで、さぞかし楽しかった事でしょうねぇ、ホッホッホ」

夕咲で怒《いか》りの発散を仕損《しそこ》なった雨音は、とりあえず西南で憂《う》さ晴らしをしなければいられなかった。

「俺の方も大変だったんですよ。俺一人で赤ちゃんの面倒なんて、林檎様が来てくれなきゃ、今頃《いまごろ》どうなっていた事か……」

「……まっ、兼光様やネーネから事情は聞いたけどな。マジ、無茶するよなぁあの人……母親の自覚有るんかいな？」

「とにかく赤ちゃんを無事にお返し出来てホッとしています。雨音さん達は、下で何があったんですか？」

「……あの顔見たら腹立って、今は悠長《ゆうちょう》に話す気分じゃない」

「えっ？」

振《ふ》り向くと雨音が眉間《みけん》に皺《しわ》を寄せ睨《にら》む先には、にこやかにこちらにやってくる瀬戸の姿があった。

「あらあら、ずいぶんひどい顔ね♡」

「誰《だれ》のせいだと？」

雨音達はムッとして瀬戸を睨んだ。登山と介護《かいご》蟻《あり》との競争で消耗《しょうもう》した身体《からだ》は、短時間ではあるが医療《いりょう》ポッドで回復した為《ため》、多少の倦怠《けんたい》感は残ったものの動くに支障は無い。夕咲が居ないのなら瀬戸に、とばかり拳《こぶし》を握《にぎ》り締《し》める。

「クスッ。いつも一緒に居られない娘達の為にした親心なの、許してあげて。それに退屈《たいくつ》はしなかったでしょう？」

「ええ、一瞬《いっしゅん》たりとも気が抜《ぬ》けませんでしたよ」

「アハハハハ！」

瀬戸は爆笑《ばくしょう》しながら雨音の肩をバンバン叩《たた》いた。もう雨音達の怒りはマックス状態である。

「ほら、これで少し発散すると良いわ。今なら何を口走っても無礼講よ♡」

そう言いながら瀬戸はどこから出したのか、瀬戸の背丈《せたけ》もある大きなマシュマロマンのような人形を二体取り出した。顔にはそれぞれ瀬戸と夕咲の写真がプリントしている。

「このクソババア！」

途端《とたん》に雨音達は口汚く《くちぎたな》罵り《ののし》、その人形に殴り《なぐ》かかった。確かに瀬戸達に不満は持っていて怒りマックス状態だったとは言え、その光景はちょっと異様な感じだ。

「あれは鷲羽《わしゅう》ちゃん作『いてもうたるど千一号千二号君』よ。不満の発散用に使う物で、軽い催眠《さいみん》状態にして本音をぶちまけさせるの。終わった後はスッキリ爽快《そうかい》よ」

「……千一、千二号？」

「それが宅の子達に大人気でね。これは雨音殿《どの》達用にって夕咲が差し入れしてきた物なのよ、結構な値段がするのよ」

つまり千体近くがこの樹雷に在《あ》るのだ。そしてそれがどういう用途で使われるかは雨音達を見れば一目瞭然だ。

「そ、そうですか……」

「あらあら西南殿もちょっとお疲れ気味のようね」

「俺に赤ちゃんを預けるなんて無茶ですよ。林檎様が来てくれなかったらと思うとゾッとします……」

西南も少し眠《ねむ》そうだ。

「フフッ。そんな目も、すぐにしゃっきりするわ。あちらもそろそろ発散し終えたみたいだし……」

『いてもうたるど千一号千二号君』は雨音達の不満が発散したのを感知すると、ポンッと破裂《はれつ》したように縮んでピンポン球の大きさになった。雨音達は汗《あせ》だくで肩《かた》で息をしていたものの表情はスッキリと爽快であった。

「……そろそろ頃合《ころあ》いね」

瀬戸は西南の背中をポンポンと叩くと、ドアのある正面を見据《みす》えた。それを合図に闘兵達が槍《やり》を高々と掲《かか》げると、巨大扉《きょだいとびら》が重々しく左右に開いていく。

「……」

火煉達や女官《にょかん》にかしずかれ、フードを被《かぶ》った霧恋が悠然《ゆうぜん》と入って来た。全員の視線が集中した所で、珀蓮と玉蓮《ぎょくれん》がそのフードを外す。

「！」

そこにあったのは、樹雷の正装に身を包んだ霧恋の姿だ。一瞬、月湖《つきこ》と見紛《みまが》うばかりの大人っぽい雰囲気《ふんいき》。そして水穂《みなほ》や船穂に通ずる容姿と雰囲気は清楚《せいそ》で樹雷皇族としての威《い》厳《げん》に満ちたものだ。

「クスッ」

　ポカンと口を開けてそれを見つめる西南達の様子を見て、瀬戸は夕べの晩餐会《ばんさん》の事を思い出していた。

×　　×　　×

　霧恋のお披露目《ひろめ》の晩餐会は、樹雷皇と皇妃《こうひ》、各皇家の当主達とその夫人、そして立会人のみの参加で行われた。本来であれば第二世代の樹《き》を得た皇族を迎え入れるという、皇宮《こうぐう》の大広間で関係各位を大勢集めて、樹雷全土に中継《ちゅうけい》する程の大事件だ。しかし現段階では今日集まった者達しか知らされない極秘《ごくひ》である為、柾木家の当主邸宅《ていたく》での秘密裏《ひみつり》の開催《かいさい》となったのである。

　しかし使用した部屋は『始祖の間』という最高の場所が使用されている。樹雷皇族の始祖は柾木家だ。当然、祖先から受け継《つ》いだ家具調度類も歴史的価値の高い物が多く、始祖の間はそれらで構成された、もっとも最古の部屋とも言えるのである。古い歴史映像資料にも映っている、ほとんど博物館の展示品のようなものだ。皇宮にもこれ程古い物は存在しない。そして出された食事はメニュー自体はありふれた物だが、素材は吟味《ぎんみ》された国家元首クラスの客にしか出されない最高級の物だ。ちなみにニンジンは地球の天地が作った物である。

「なかなか複雑そうよね、佳月《かげつ》殿は」

立会人の席に座る瀬戸はそっと隣《となり》の舟参《しゅうざん》に話しかけた。

「霧恋殿の柾木家養女の話に一番難色を示したのは佳月ですからね。しかも皮肉な事に、山田《やまだ》西南殿がGP所属である事に、一番不満を感じていたのもあの子ですから、複雑な気分にもなろうというものですよ」

舟参は瀬戸以上に、息子《むすこ》の心境を面白がっていた。何しろ昔の舟参も、息子と似た立場だった故《ゆえ》、その心境は痛い程《ほど》分かるから尚更《なおさら》だ。

「では皆様《みなさま》、ご紹介《しょうかい》いたします」

船穂の声と共に入り口のドアが開き、霧恋が入って来た。

「おおっ!」

室内にどよめきが起こった。その反応に瀬戸も満足げだ。何しろこの時の為に、樹雷皇お抱《かか》えの、樹雷最高の職人が総動員されたのだ。

「こいつは驚《おどろ》いた。霧恋殿の素性《すじょう》は知っていても、これは予想以上だよ」

「ホッホッホ。私の知り得る最高のスタッフが、頭のてっぺんから爪先《つまさき》まで念入りに磨《みが》き上げましたから」

「しかしまだ貫禄《かんろく》不足だねぇ……皆《みんな》の視線は衣装《いしょう》に行ったみたいだ」

それはあまりにも見事な衣装だった。まだまだ霧恋の貫禄は衣装負けしているのは否《いな》めない。

「服装はさすがにこの短時間での縫製《ほうせい》は無理なので、船穂殿の昔の物を少し手直ししました」

「ああ、そういう事か……確かに見覚えがある物だ。懐《なつ》かしいねぇ……昔の物とはいえ、手入れも完璧《かんぺき》にされていた皇妃用の特級品だけの事はある。皇族ですらそうそう手に入れられない極上品だから、特にご婦人方は興味津々《きょうみしんしん》のようだ」

舟参の言う通り、当主の夫人達の食い付きが凄《すご》く、うっとりとした目で見つめている。

だがすぐにある事に気付き、ちょっとした小さなざわめきが起こった。

「どうやらみんな気付いたようだね。あの衣装は船穂殿の物にもかかわらず、霧恋殿専用にあつらえたように布の色やバランスが、彼女の容貌《ようぼう》にピッタリだ」

服装はその人の肌《はだ》の色や髪《かみ》の色でも印象が変わる。皇族レベルのオーダーメイドは着る者の全《すべ》ての要素を熟慮《じゅくりょ》されて作られる。つまりは衣装に集中していた目が、霧恋本人へと向けられたのだ。そして皆の視線は船穂と水穂と霧恋を見比べるように動いた。

「くっ！」

すぐさま佳月の睨み付けるような視線が、父親の舟参に向けられた。

「あらあら……気付いちゃったようね。お宅の息子さん」

「確信とまでは行ってないと思うよ。まあ、霧恋殿について、余計な藪《やぶ》を突《つつ》くつもりは無くなったのは確かだ」

「それはありがたい話だわ」

「こちらも天木《あまき》家の悪評を曝《さら》さないでくれてホッとしているよ。……それにしても、瑞輝《みずき》殿のキーは良い感じだね。あの幼木からどうやって切り出すのか心配していたのだけど、指輪型とはね。それに見事な結晶《けっしょう》だ……そちらにもビックリさせられたよ」

幼木に出来た結晶にしては、信じられない大きさなのだ。

「皇家の樹の種子には親木の結晶が付いているでしょう？　幼木にはそれが表層部に残っているの。これはまだ幼木が、親木から成長の為のエネルギーを受け取る端末《たんまつ》のような役目をするのだけれど、それを核《かく》に幼木の樹液でも成長するから結構な大きさになるの」

「ふむ、だからあれだけ大きな結晶に……でもそんな物があるなんて初耳だね。第三世代の樹は多くを見て来たし、育成過程も知っているんだけどねぇ」

「それがあるのは第二世代の樹までよ。第三世代は能力維持《いじ》や成長に第二世代程のパワーは必要無いもの」

「それ程大きな受信体は必要無いという事か……おっと、主役を前に無駄話《むだばなし》はこれくらいにしないとね」

立会人は霧恋が第二世代の樹を得たという、まさに皇族として地位を確定する事実を知る者達だ。それがいつまでも主賓《しゅひん》を無視して話をしているのでは、取得過程の正当性を勘《かん》ぐられる元だ。特に天木の人間である舟参は、積極的に霧恋を支持する姿勢を見せなくては不和の元になる。

「我らに可愛《かわい》らしい家族が出来たのだ。精一杯《せいいっぱい》、応援《おうえん》しなくてはね」

舟参は満面の笑みでそう言った。

×　　×　　×

昨夜の晩餐会のような緊張《きんちょう》感が無い為か、霧恋の姿勢は堂々としたものだ。皇家の仲間入りをした自信と使命感で、威厳すら感じられる。もちろん周りの風景も霧恋に味方し、雨音やリョーコ、そしてネージュすら言葉もなく見入っている。当然、西南は呆然《ぼうぜん》となって突っ立ったままだ。

瀬戸はその反応に、満足げに霧恋の横に立ち、

「今日から彼女は、柾木《まさき》・霧恋・樹雷よ。ご感想はいかが？」

と、自慢《じまん》げにそう紹介したのである。

「…………」

その時西南は霧恋の艶姿《あですがた》に見とれつつ、昔、霧恋が就職の為に村を離《はな》れる時の事を思い出していた。

（……そうだ、あの時）

スーツを身につけた霧恋が凄く大人に見え、緊張したのと同時に憧《あこが》れの思いを強くした昔。身近な存在だった霧恋が、自分の手の届かない所に行ってしまった寂《さび》しさを強烈《きょうれつ》に覚えている。その時と同じ感覚を味わっていた。

「ほら、みんな何か言ったら？」

「えっ？　ああ……それにしても凄い着物だよなぁ……いつ作ったんだ？」

「雨音さん……いきなり着物の話ですか？」

雨音の言葉に緊張が解けたのか、リョーコとネージュは呆《あき》れ顔だ。

「違《ちが》うって！　ちゃんと本人に合った着物だから驚いたんだよ。あれって手織りの時間がかかった絶品よ。そうおいそれと手に入れられるような物じゃないんだから」

「結局、着物が凄いって話じゃない」

「衣装に注目する辺りは、雨音殿らしいわね。あれは船穂殿のお輿入《こしい》れした当時の衣装を手直ししたの」

「なるほど。背格好も近いし、何より血の繋《つな》がりもあって容姿も似ているから短時間でもあつらえたように出来たんだ……」

「瀬戸様」

と、そこへ水穂が早足でやって来ると、そっと瀬戸に二言三言耳打ちをした。

「……そう。思ったよりは早かったわね」

その報告を受けた瀬戸の穏《おだ》やかだった顔がわずかに引き締《し》まった。

「!?」

瀬戸も水穂も自然な態度を装ったつもりではあったが、さすがに危険察知能力の高い西南といつも彼と行動を共にしていた者達だ。そのわずかな雰囲気《ふんいき》を感じ取り、会話を止めて瀬戸達の方を見たのだ。

「……やれやれ、もう少し鈍感《どんかん》でも良いのだけれどね」

せっかくのおめでたい席を中断させたくはなかったが、その勘《かん》の良さを頼《たの》もしく思うのも事実だ。瀬戸は西南達の方に向き直り、西南達もそれに応じてザッと姿勢を正す。

「幸運艦《こううんかん》が再び活動を開始、被害《ひがい》が以前以上に急増しているそうよ。恐《おそ》らく更《さら》なる強化をして来たと見るべきでしょう」

だが瀬戸の言葉にも西南達が怯《ひる》む様子は無い。その為《ため》の樹選びの儀式《ぎしき》である事を知っているからだ。

「それならそれで、汚物《おぶつ》はさっさと水に流してしまうに限ります」

「……そうね」

雨音の実に的確な言葉に瀬戸は思わず表情を崩《くず》しつつ、すぐさまいつもの不敵な笑みを浮《う》かべた。

「ではすぐにリンク作業に入ってちょうだい。可能な限り早急に発進態勢を整え、出撃《しゅつげき》するわよ！」

「了解《りょうかい》！」

【天地無用！ＧＸＰ　第十一巻・了《りょう》】

あとがき

注：今回のあとがき劇場も、本文の後に読む事をおすすめいたします。

＊＊＊＊＊＊＊＊＊＊＊＊＊＊＊＊＊＊＊＊＊

あとがき劇場　その8

天樹の地下から何とか生還《せいかん》したネーネは、さんざんな目にあった怒《いか》りを爆発《ばくはつ》させるように、藤堂《とうどう》の居るであろう林檎《りんご》の皇家《おうけ》の船『穂野火《ほのか》』の居住区へと乱入した。

「どこだァ藤堂ォ！　出て来いィ‼」

ネーネは鬼《おに》のような形相であちこち探し回るが、そこには藤堂はおろか、林檎も他の女官《にょかん》も誰《だれ》も居ない。

「おのれ逃《に》げたな藤堂ォ〜〜〜〜！　だが逃がしはしないわよ。絶対、捕《つか》まえて文句を言ってやるんだから」

ネーネの自慢《じまん》はその類《たぐ》い希《まれ》な嗅覚《きゅうかく》だ。意識を集中すれば犬以上の高性能な鼻を持っていて、短時間であれば分子一個の匂《にお》いですら識別可能だ。匂いだけでこの場で誰が何をしていたかを数ヶ月前まで遡《さかのぼ》れるのである。更《さら》に林檎に仕える女官の特性を生かし、独自の経済情報網《じょうほうもう》がある。近くに居れば匂いで。ネーネから逃げようと遠くに行こうと、僅《わず》かな金銭、経費使用を発生させれば、たちどころに位置が特定出来るのだ。

ましてや藤堂は皇眷族執事《けんぞくしつじ》である。何処《どこ》に居ようともそれなりの有名人である以上、色々な情報は入って来る。例え樹雷《じゅらい》の何処に逃げようとも、その情報と匂いを辿《たど》って追跡《ついせき》が出来る自信はある。

「行くわよぉ〜〜〜っ！　嗅覚全開っ！」

ネーネは確実に藤堂の行動を探《さぐ》ろうと、彼を最後に見た場所——藤堂に騙《だま》され、転送させられた場所へと移動すると、地下に落とされた以降の彼の行動を探ろうとした。

「…………ん？　ん？　ん？　ん？　ん？」

と、嗅覚を全開にして集中しているネーネの顔色が見る見る内に変わって来た。

「んんんんんんんんんんんんんんんんん、ぎゃあああああああああああああああああああああああああああああああああああ

ああ
ああああああああああああああああああああああああああああああっ！！！」

　それは居住区全体に響《ひび》き渡《わた》るような絶叫《ぜっきょう》だった。

　そこに居る鳥は一斉《いっせい》に飛び立ち、動物達も一斉に巣穴に逃げ込み、魚達はその声の震動《しんどう》で気絶するモノすら出る程《ほど》だ。

「林檎様のお部屋がっ！　お部屋がァアアアアアアッ!!」

　ネーネはここに飛び込んで来た時以上のスピードで使用人達の執務室にある倉庫へと突進《とっしん》し、愛用のお掃除《そうじ》道具を両手や背中一杯《いっぱい》に、それこそ京の五条大橋の弁慶《べんけい》の如《ごと》く、ハリネズミのように装備して出て来た。

「おおおおおおおおおおおおおおおおおおっ！」

　そのありとあらゆる掃除器具を駆使《くし》し、ネーネは室内を掃除し始めた。

「何をどうすればたった一日でこんなに汚《よご》せるのよぉおおおおおおおおっ！」

　それこそ半狂乱《はんきょうらん》状態でネーネはハタキをかけ、床《ゆか》を掃《は》いている。端《はた》から見れば汚れらしい汚れは全く無い状態だ。それこそ嫁《よめ》いびりが趣味《しゅみ》の姑《しゅうとめ》でさえ、なかなかツッコミ所の無い程の状態だが、嗅覚全開にしたネーネはそこがゴミ屋敷《やしき》のように感じるのだ。

×　×　×

「藤堂様、予定通りです」

ネーネの嗅覚の届かない安全圏で監視していた女官達の一人が、小さくため息を吐くとそう報告した。

ここはネーネには秘密裏《ひみつり》に設置された、林檎の業務を補佐《ほさ》する為《ため》のコントロールルームのひとつだ。特にネーネに邪魔《じやま》をされたくない時に使う場所である。

「全員で焼き肉パーティーをした甲斐《かい》がありましたね」

藤堂はすました表情のままそう言った。

「ちょっとやり過ぎなのではありませんか？　もちろん滅多《めつた》にいただけない、皇族専用牧場特上肉をいただいて、私達は嬉《うれ》しかったですが……」

「室内焼きは、あの子には少々きついかと……」

女官達は非難めいた目で藤堂を見た。

当然、除煙《じよえん》処理はしたものの、あちこちに焼き肉やパーティーの痕跡臭《こんせきしゆう》が付いているのだ。もちろん一通りの清掃《せいそう》作業はしているが、綺麗《きれいず》好きなネーネにとっては暴挙とも言える行為《こうい》なのだ。

「ネーネのせいで業務に支障をきたす訳には行きませんからね」

ネーネが文句を言い始めたら、五月蠅《うるさ》いわ、しつこいわで作業にならないのだ。特に今回は騙《だま》し討《う》ちにした事もあり、どれ程業務に支障が出るか見当も付かない。

「それに……焼き肉パーティーの後、派手に誕生会やら女子会をしていたのは貴女達でしょう？　さぞやネーネも混乱しているでしょうね」

「そっ！　それはそうなのですが……」

　女官は気まずそうに視線を逸《そ》らした。

「責めているのではありませんよ。林檎様の食糧備蓄《しょくりょうびちく》が収容過多になっていたから、それを処分しておくように言ったのは私ですからね。それにそろそろ御館《おやかた》の大掃除《おおそうじ》もしたいと思っていましたし」

　文句の言えなくなった女官達を横目に、藤堂はシレッとそう言った。

×　　×　　×

「オラオラオラオラオラオラオラァアアアアアア！」

　怒濤《どとう》の如く、だが時に繊細《せんさい》に掃除をするネーネは何やら楽しげだ。先程までの険しい表情と負のオーラは薄《うす》れている。

　林檎の使う領域から女官達使用人の部屋まで、隅《すみ》から隅まで磨《みが》き上げ、それにも飽《あ》き足らないのか、ネーネは外壁《がいへき》や屋根まで磨き始めた。

　そして十数時間後……、

「はぁ……」

清掃完了《せいそうかんりよう》したネーネは、爽《さわ》やかな汗《あせ》を拭《ぬぐ》いながらピカピカになった邸宅《ていたく》を眺《なが》め、至福の笑《え》みを浮《う》かべた。

×　　×　　×

「作業終了したようです……それにしても彼女に学習能力って無いのでしょうか？」

「毎度毎度同じ手に引《ひ》っ掛《か》かるなんて、同僚《どうりよう》としてあの子の将来がちょっと不安よね」

「あれも彼女の美徳のひとつですよ」

藤堂は見事に磨き上げられた林檎の邸宅を見つめ、満足げに微笑《ほほえ》んだ。ネーネの怒りの発散と備蓄《びちく》品の処理、それに邸宅の大掃除も出来て一石三鳥だ。

「そ、そうですね……」

困惑《こんわく》気味にそう答えた女官は隣《となり》の同僚に顔を近付けた。

「あの子、悪い男に騙されなきゃ良いけどね」

そう小声で囁《ささや》き、そこに居た同僚の女官達は全員、小さく肯《うなず》いたのだった。

×　　×　　×

「快っ感！」

藤堂の思惑《おもわく》通り、ネーネの頭からは藤堂への怒りなど霧散《むさん》し、忘れられていた。

「さて、掃除用具のメンテナンスが終わったらお風呂《ふろ》に入らなきゃ。いっぱい良い汗かいたものねぇ♡」

ネーネは嬉しそうに掃除用具を片付け始めたのであった。

終わり

＊＊＊＊＊＊＊＊＊＊＊＊＊＊＊＊＊＊＊＊＊＊

いきなり次巻の話となりますが、かなり早い発行となります。理由としては『十一巻用に書いた分量が多過ぎた』からです。

ただでさえ分厚いと言われていたのですが、今回はすごく調子が良かったせいか、本業がちょっとヒマだったせいなのか……気がついたら、前の十巻を大幅《おおはば》に超《こ》えるページ数になってしまったようです。いつもこうならもっと早いペースで出せるのでしょうが、いろいろと難しいものです。本来、絵描《えか》きが本業なので、イラストの方はペースが読めるのですが……。

さて無理矢理一冊にも、とも考えましたが、いつもよりイラストが倍になりますし、次巻は少し色々なエピソードを付け加えますので、それで『良し』として下さい。

梶島正樹

富士見ファンタジア文庫

真・天地無用！魎皇鬼外伝
天地無用《てんちむよう》！ＧＸＰ11
平成27年１月25日　初版発行

著者――梶島正樹《かじしままさき》

発行者――郡司　聡
発行所――株式会社KADOKAWA
http://www.kadokawa.co.jp/
企画・編集――富士見書房
http://fujimishobo.jp
〒102-8177
東京都千代田区富士見2-13-3
電話　営業　03(3238)8702
　　　編集　03(3238)8585
印刷所――旭印刷
製本所――本間製本

ISBN978-4-04-070504-0 C0193

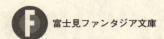

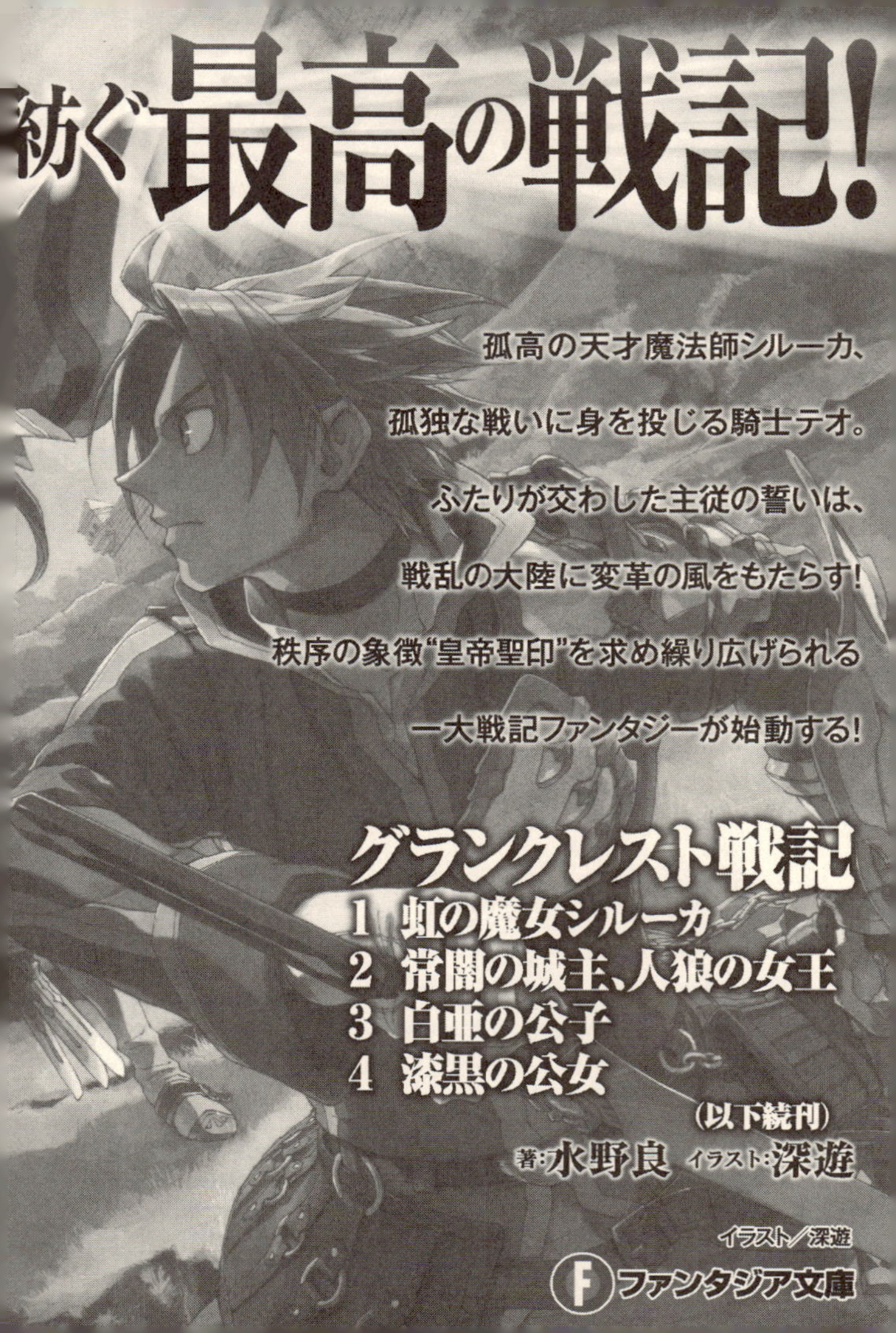
紡ぐ最高の戦記!
孤高の天才魔法師シルーカ、
孤独な戦いに身を投じる騎士テオ。
ふたりが交わした主従の誓いは、
戦乱の大陸に変革の風をもたらす!
秩序の象徴“皇帝聖印”を求め繰り広げられる
一大戦記ファンタジーが始動する!
グランクレスト戦記
1 虹の魔女シルーカ
2 常闇の城主、人狼の女王
3 白亜の公子
4 漆黒の公女
(以下続刊)
著:水野良 イラスト:深遊
イラスト/深遊
ファンタジア文庫

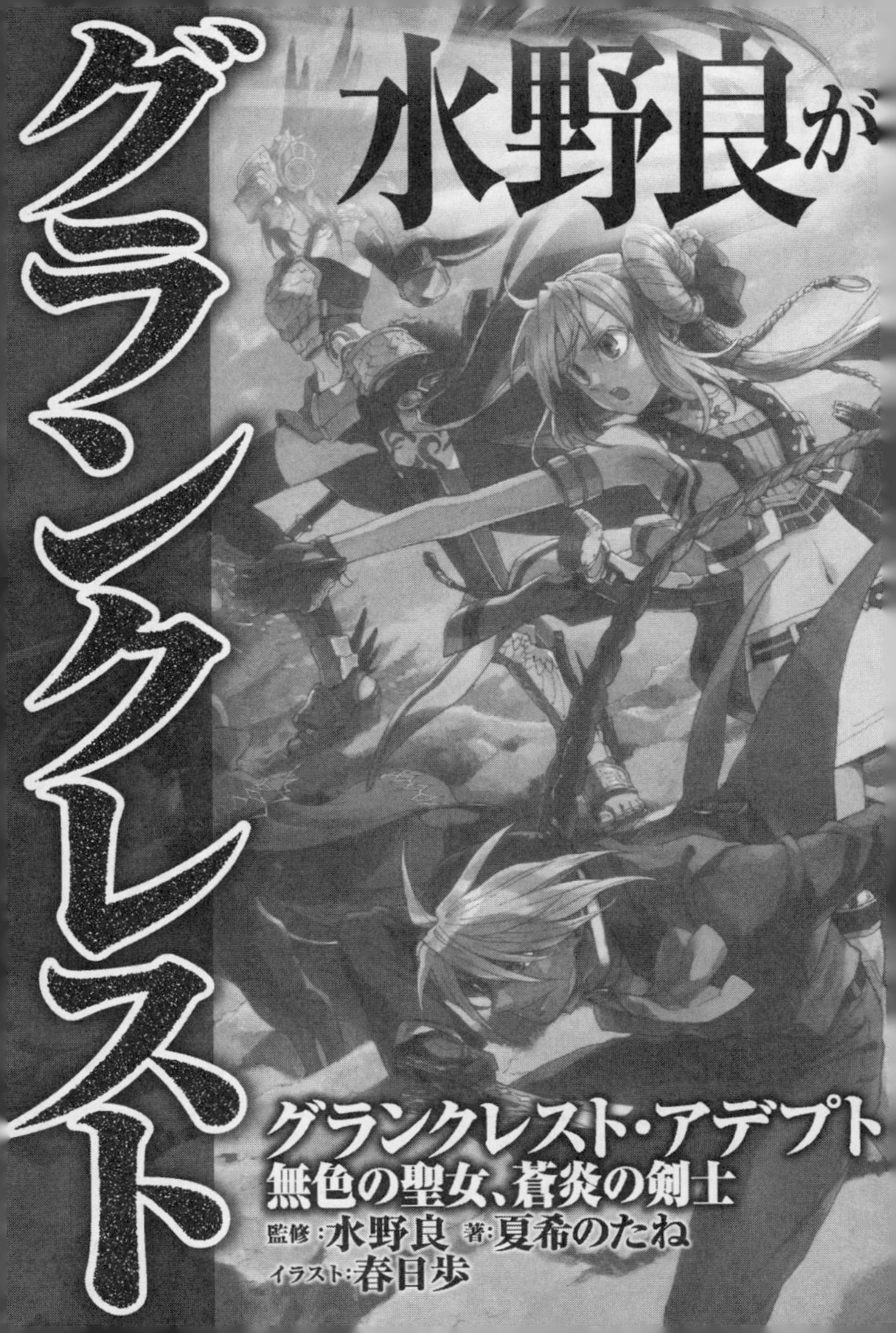
水野良が
グランクレスト
グランクレスト・アデプト
無色の聖女、蒼炎の剣士
監修：水野良 著：夏希のたね
イラスト：春日歩

ロムニア帝国興亡記
著：舞阪洸
イラスト：エレクトさわる
①翼ある虎
②風車《れきし》を回す風
③運命を別つ選択
④残る者、去りゆく者
（以下続刊）
か？ 皇子
国興亡戦史！

ファンタジア文庫
"うつけ"と評判の皇子サイファカール。次代の皇帝候補から外れ、歴史の影に埋もれる、はずだった。
だが、帝国を揺るがす報せが皇子の運命を大きく変える！
野に放たれた虎は帝国興亡の要となるのか!?
"うつけ"か？"英雄"
サイファカールの帝